U0132882

一位中学校长的

教育梦白

李首民 著

南怀瑾

学林出版社

序

赵志伟

作为老同学,为首民兄的这本新书稿写几句话,我非常高兴。

今年春季,应首民兄之邀,我给他们的高中学生作了一次讲座。课后他对我说:"我写了一批关于教育的小文章,准备出一本书,你为我写个序怎么样?"接着他谈起了对当今一些教育问题的看法:如"双语教育"、"名校工程"、"教育公平"、"教师进修"、"减负"……

听了他的议论,我大为吃惊,所谓"处士"才会"横议",从来没有想到过一位在体制内的教育管理者,对一些问题的看法居然如此思辨、出新,这使我很钦佩,也很高兴。相信他的书稿里一定会有许多我想说却没有机会说的话,于是欣欣然答应了老同学的嘱托。

读了首民兄给我的电子文稿,我感到自己的判断没有错,总体的感觉是:作为校长,他有人情味,敢讲真话;作为教师,他有见解,识鉴精准;作为一名愿意探索的教育者,他表达了自己对教育深深的忧思。整部书稿一事一议、语言直白流畅,篇篇都发人深思。

由于工作关系,这几年来我见识过许多校长,各位校长言谈举止中所显现的本色是各不相同的。难能可贵的是,首民兄做了20

年校长，却仍保持平民的本色，有人情味。在《有偿家教新解》、《农村教师还是穷》、《情绪有周期性》、《宽容地看待教师》、《农民的孩子仍然苦》、《做教师压力真大》、《我看教师跳槽》等诸篇文章内，他对教师的理解、宽容表现得一览无遗。

我相信他说的是真心话。那一天，我搭乘他们的校车回家，车厢里的教师与首民交谈的神情，背后几位教师与我聊天的内容，让我知道，首民的文章决不是一种矫情与虚饰。车上有位老师说：李校长有"人情味"，我相信。清人张问陶有诗云："好诗不过近人情"，好师也不过近人情，要使老师近人（学生）情，那么校长首先应尽人情，必须对教师与学生有人文关怀。

我读了不少带有"哈佛腔"的学术论文论著，也听过不少校长、局长们关于教改的宏论，但对教育中出现的许多令人困惑的问题仍然百思不得其解，"名师"们如雨后春笋般一茬又一茬出现，而中小学生的阅读、写作水平似未见大的长进，首民的文章对这些问题作了思索，提出了自己的见解，如《上海教育的"四个世界"》直言不讳地批评种种时髦而不切实际的做法；《素质教育的三个层面》提出了自己对素质教育的看法；《大浪淘沙出名师》指出了"钦点式"培养名师的弊端；而《编试题与炒试卷》、《有个性的教师受欢迎》、《教师仍处于主导地位》、《教师要学会概括》、《质量的隐性和显性》、《教材是材料而已》、《影响考试成绩的因素》、《学会写案例》等更表现出他不仅是个会管理的校长，也是一位真懂教学的内行，他对语文教学的某些见解让以此为专业混饭吃的我也不能不佩服。有位法国哲学家说："事实上，所有别的注释家们直到现在只是把真理愈搞愈糊涂而已"。（梅特里《人是机器》，《商务报》1996）读了首民的这些文章，你会觉得：教学中有些问题原来如此简单，只是我们有时候把它们搞复杂罢了。

校长当然还须视野拓宽，关注社会，古人所谓"士以器识为先"，有器识就应对某些现象发表看法，"一个明智的人，仅仅自己研究自然和真理是不够的，他应该敢于把真理说出来"。(同上)首民的不少文章表达了自己的忧思：《纳税人的钱来之不易》、《择校之风难以了》、《社会、学校各司其责》、《九年一贯制利弊说》、《少年性教育成了真空地带》等文章揭示了教育中的种种弊端，真可谓"君子思不出其位"。

我尤其欣赏两篇文章：一篇是《教师的价值观在动摇》，他的一位朋友宁愿不拿"校长聘书"而拿"委任状"——当办公室主任，而且有志满意得之感，这引起了首民的沉思：人各有志不可强求，但对人的一生价值而言，难道当官真的那么重要？况且小学校长大小也是个"官"，可以做更有意义的事啊，看来"官本位"思想真的已深深影响了教师的价值观。另一篇是《三好学生不应该加分》，以当今中国的社会现实，"加分"、"推荐"、"自主招生"之类，是否会导致教育的不公平？没有人捅穿这一张薄薄的纸，作为校长自然应该欢迎这种"权利"越多越大越好，而首民兄写下这些文字时，我测度还是他的"平民意识"、"公正公平精神"在起作用。他敢于这样大声疾呼，在我所认识的校长中，还是太少。惟其少，我以为难能可贵。

26年前，我们在大学同窗共读，毕业前夕班里编了一本《同窗集》，各人入选一篇作品，首民写的是一首诗《我爱桑树——养蚕姑娘的话》，他在诗里有这样的一段：

> 我轻声地和她商量：
> "嫩叶可否献于我，
> 摘去育肥蚕姑娘？"
> 桑树含笑把话答：
> "可笑姑娘少思量，

生来就为姑娘想。
有何'可否'要商量，
快快摘去喂蚕宝，
蚕胖才使茧儿亮。

古人说"诗言志"，此诗是否是他当年的誓言，我不得而知，但他的"嫩叶"养育了无数蚕宝宝却是事实，还留下了育蚕的点滴记录。由此言之，他是一位幸运的人。

2006 年 6 月

前　言

其实，那时我并不喜欢从事教育工作。

早些年，在农村种了十多年田，适逢全国恢复高考，已经成家育子的我，深感农民的艰苦，想找一份不用肩挑、又不远离家庭的工作，于是选择了报考师范大学。拿到上海师范大学的录取通知时，我兴奋了好一阵子，因为，我终于不要"种田"了。

几年后，我以一个农民的执著、善良和对农民子弟的同情、负责，去从事我的农村教育工作，结出了成果，得到了好评。于是我幸运地成为中学教导主任，后又经区教育局考察，推荐报考上海师范大学教育管理系。

两年之后，我毕业了，据说我将担任中学校长，其实我还是不喜欢这份工作。当时公安系统正在招聘干警，我已报上了名。后来想想这样做会愧对教师们的信任和领导们的栽培，才没下决心去参加考试，还是走上了校长的岗位。

1994年，女儿从一个重点高中毕业，那边学校的领导同意推荐她免试直升上海师范大学。对于孩子的事，我已无权决定，只是与她作了一次"谈心"。我从教育的困惑、教师队伍情况、教师待遇等方面与她进行了交流。最后的结局是：女儿放弃免试直升师范的机会，而立足高考。

事实上，我并不是对教育工作有成见，而是我对教育有许多思考：

首先，教育涉及人（学生）的前途，稍有怠慢就会有遗憾，有责任感的教师甚至会自责终身；

第二，教育是重要的，但这只是一句口头上的话，要真正重视到实际行动中（包括政府对教育的重视），是有待年月的事；

第三，做教师是一项群体性的工作，学生的成功、教学的成功，靠一个人的努力是无法实现的，在教师队伍中个人奋斗毫无意义；当然还有社会地位、经济待遇方面的不尽如人意等一些原因。

好几年之后，当我发现自己已经"其他工作什么都不会，只能做一个教师"的时候，我才知道：我已经开始喜欢上教育了。

教育极具挑战性，它研究的是人的发展，它的工作方式和内容是对人性的理解。学校是教师可以与之共同成长的舞台，当一个人发现自己在取得工作成绩的同时，自己也在不断地成长，其喜悦之情是无可比拟的。

教育要研究的问题就发生在身边，都是活生生的，粗看看没什么大不了，细想想就有许多学问，当一个教师从生活的小事中发现其微言大义之时，那是一种探究的满足。

教育的许多问题是前瞻性的，也是历史性的，如果因为教育者的睿智而使社会发展减少曲折的话，那么教育工作者应该是伟大的。

我20年的校长经历，每时每刻都在执行着党的教育方针，执行着政府的教育法规，演绎着教育专家们的各种先进理念，努力地学习兄弟单位的思想，不断地改进自己的落后，也算是一个"教育圈子"里的人了。

但教育的现象、现实，常让我有着诸多想不清、理还乱的东西。这些东西让我痛苦，同时也激发我的思维活力。因此我常试着走出"教育的圈子"，站在教育的"旁边"，斗胆说出我自己想说的话。

我多次接受关于教育思想和理念的培训。记得那年在上师大教管系毕业时，我所写的毕业论文是"人性与教育方针"，对教育中有关对人的关怀问题作了不少思考和研究。不幸的是，老师只给了我一个"及格"的分数，但我的教育立场没变。我认为：教育的本意就是关注人、关注学生，也关注教师。

长期以来，我常注意思考一些教育方面的问题，大到政府决策，虽然我不是一个政府官员，但我从一个平民的视角、一个教师或一个校长的视角来思考这些问题。

小到课堂内发生的琐事，虽然其中的许多思想，教师们想得比我深刻得多。但我是从一个实践工作者的视角，既站在教师的角度又从管理者的角度，既从宏观的视角又从微观的视角来思考教学中的一些问题，也许更能贴近教师的实际。

在家长和学生方面，尽管我已过了做中小学生家长的年龄段，有些思想可能落伍，但我以过来人的身份作出分析乃至劝说，说不定会给后来者一些启发。

我还以中国传统的儒家教育思想来比对当今的教育和有关教育的问题，虽显得有点儿"生搬硬套"或"夫子气"，但我是实实在在地去想了、去实践了，并得到了一些合理的结论。

"旁白"一词是戏剧术语，它指的是剧中人物在剧情中的评价、叙述和本人内心活动的表白。我的旁白大多是一些杂七杂八的思考。

我写下的这十多万字的杂感、杂说，这些文章杂得不成系统，杂得没有拘束，杂得有感就发。因而许多观点不能强求与读者大统，而只在于抛砖引玉，引发大家的思考。

李首民
2006 年 5 月 12 日

目　录

第一章

第二章

第三章

第六章

第一章

子曰："苗而不秀者有矣夫！
秀而不实者有矣夫！"

——《论语·子罕》

学生让教师成长

学生让教师成长

纳税人的钱来之不易

　　随着综合国力的提高,政府对教育的投入越来越大,上海自上世纪末花几十亿巨资建设十多所寄宿制高中之后,又完成了各区县初级中学的达标工程,使整个教育的设施有了一个全新的面孔。据统计,上海的教育投入目前还只占 GDP 总数的 2.7%,要达到《教育法》所规定的 4%还有很大的空间,也就是说未来几年,政府对教育的投入还将大幅度增加。

　　对教育来说,政府投入的增加是件好事。但是,时下教育界的一些人士,大会小会总讲国外教育如何如何,似乎"中国的月亮"确实不比"外国的月亮"圆。也有一些人受所谓"超前思想"的影响,于是在那些校长们看来,天文台已属过时,塑胶跑道是天经地义的,数字化学校是国家所提倡的;校舍建设追求宾馆式的豪华,办公室讲究星级装潢,体育设施也定要达到世界级水平。

　　我在考察一些省级名校的时候,许多名校还以有游泳池为荣。当然,一个学校有了游泳池,的确可以开设一些有特色的体育教学课程,这是普通学校和经济落后地区学校所无法攀比的。但一年四季,春夏秋冬,到底能使用几次就是个问题了。如果使用恒温,那用电用水的支出简直就是天文数字!学校的经费毕竟还很紧张,这样做,值吗?

教育用的是纳税人的钱，纳税人的钱来之不易，应该掂量着用，用到关键之处，提高使用效益。

教育工作者在培养学生文化知识的同时，也要培养学生的经济头脑。对此，学校首先要从自己做起，以此熏陶学生。那只讲形象、不讲效益，一味追求先进、豪华的教学设施的做法是有悖于教育目的的。

教育的效益首先体现在对人的培养上，设施设备的建设要为学校的办学目的服务。从教育经济学的角度来讲，投入与产出是分母和分子的关系。在我们这样一个大国、发展中国，大部分农村中学、西部地区学校连常规的实验设施、信息技术教育设备都无法齐全的情况下，部分名校如此投资、如此排场、如此不讲效益，是脱离国情的，也是政府办教育中的不公平现象。

纳税人的钱为社会而用，教育占了一大块，如果一味追求设施和设备的星级效果，那么这样的教育是背离老百姓的利益的，实在不能成为办学者的追求。

链接：

湖北遏制高投入高收费，普高超标迁扩暂停

今后 5 年，对省内普通高中超标迁建、扩建项目，各地政府投资主管一律不予核准。日前湖北省政府转发了省发改委、教育厅《关于进一步加强全省普通高中建设管理的若干意见》，以遏制普通高中陷入"高投入—高负债—高收费"怪圈的趋势。

省政府在转发通知中指出，"十五"以来，湖北省有些地方超越经济发展水平，大规模、超标准迁建、扩建普通高中，有的甚至盲目攀比，导致部分学校高投入、高负债、高收费现象严重，并造成"上学难、上学贵"。

为此,省教育厅、发改委已编制《全省"十一五"普通高中建设专项规划》,确定每所普通高中的办学规模。按规定,迁建学校现有生均占地面积、建筑面积不得达到国家规定标准的70%,项目负债不得超过总投资的30%。其中,项目资金来源、筹措有无集资摊派、偿债能力及对学费水平的影响等将经过严格审查。未经核准的项目,相关部门不得办理建设规划手续、不得提供土地、不得发放贷款,违规审批、核准的部门及其主要负责人将被追究党纪政纪责任。

《意见》要求,各地在建及已获批准尚未开工的普高迁扩建项目一律暂停,各地要按本规定进行全面清理、复审,凡不符合规定的一律整改。

《楚天金报》2006年2月9日

上海教育的"四个世界"

　　上海人的聪明与精明在全世界有名,就好比上海男人怕老婆在世界闻名一样。在基础教育这个行业里,上海人的信息多,处理信息的速度快,因此上海人的脑子最活,工作节奏最快,改革措施也最多。

　　有几次与几位在外地做校长的朋友聊天,在谈到上海的教育时,他们不约而同地调侃说上海人的"花头"最多。

　　在教育方面,上海人的"花头"的确不少。

　　自从"一期课改"大功告成之后,许多"一期课改"的重大成果,例如选修课、活动课课型,还没有来得及消化、深化,就马上"轰轰烈烈"地开展了关于"研究性课程"的"运动",紧接着"二期课改"的基础型、拓展型课程又接踵而来。头脑灵活的校长们不甘落后,就跟着风向跑,反应稍迟钝者只好望风兴叹。教育局领导担心在第一线工作的教师不理解,也为了防止大家对"二期课改"新瓶装旧酒,由此走过场,于是上到市教委,下到学校教研组,会议、培训一次接着一次,一批接着一批,许多教师疲于奔命,连校长也不例外。大家都说不知在"二期课改全面推行"之后,紧接着又有什么样的新玩意儿。

　　冷静一点地说,改革是社会发展进步的动力,没有改革就没有希望。这正如鲁迅说的一样："地上本没有路,走的人多了,也便成了路。"但改革要抱着实事求是的态度:中国长期以来形成的传统教育模式和思路,有它存在的土壤和基础。改革须有个过程,更何况许多传统的东西本来就是精华。改革还不能急于求成、急于求变,许多事情的变革需要其他社会因素为支撑、为环境。

上海的教育从办学条件、师资力量、学生生源各方面来分析,差异很大。

如以区域分,可以分为市中心区、郊区、郊县城区和郊区农村四个等级。

以学校等级分可以分为市示范性学校、区级重点中学、普通中学和初级中学这四个等级。

可以这样说,在教育领域,一个上海就有"四个世界"。这几个世界里,政府的投入和重视程度不同,家长对学校的认可不同,学校的师资配备不同,校长的能力档次不同,教师的工资待遇不同,所招学生的层次不同。这样明显的层次差异,却要在同一思想、同一要求下实施相同的教学改革,这就不是一种实事求是的态度。如果说一项改革连市示范性高中还没有来得及吸口气、没有来得及深化,那么又如何让三四类学校去操作呢? 我不知道这是不是一种教育的"浮夸风"。

十多年前,从日本回来的朋友告诉我,日本人的工作、生活节奏真快,快得连中国的上海人都无法适应。现在可以这样说"上海人的教育改革节奏真快,快得连上海人自己也跟不上了。"

根据我的了解和观察,研究性课型在大多数学校都没有开设好,起码没有达到专家们研究出来的那种成效。于是上海人的"捣浆糊"又在这里发挥它的作用:总结搞一套,展示另一套,向领导汇报又一套;教师自己做一套,论文研讨又一套。这些改革搞得热闹的时候,从小学一年级起一直到高三,似乎人人均有机会成为研究者,甚而有许多小学生真的被教师们称为研究者了。

上海人做事讲究效益高,讲究节奏快,这是好事,但不能太过于急躁,急躁的人办事常常会把好事办坏。

链接:

有关教育专家认为,一期课改一轮未完,二期课改就仓促上阵,而且二期课改的配套教材、考试改革方案、课程评价、课改方案、教师培训等都没有做好充分准备,二期课改的全面推开是否可缓行?

课程教材改革作为一项教育科学工程,必须按照科学规律办事。1993年,一期课改在上海中小学全面展开,按照教学规律,一期课改需要12年才能完成一轮,至少应至2005年才能结束;课改的科学程序应当是先制订课改方案、拿出课程标准,然后再出教材。但二期课改在没有及时对一期课改进行全面总结、反思的情况下,就已仓促出台,有的教材编写甚至先于课程标准的制订,使得二期课改的教学实践十分被动,也造成了考试等配套评价机制的滞后。

上海推行的一期课改符合时代的需要,走在全国前列,10年实践取得了显著成绩。二期课改的理念则更进一步,是一项惠及千家万户的教育工程。但好事要看怎么办,二期课改牵涉到资金的投入和教师的培训,牵涉到先进素质教育理念和落后教学实践之间的矛盾,不能一蹴而就。有关专家提议,对二期课改应加强研究,集中专家和基层单位做充分论证,既要考虑到前瞻性、先进性,也要考虑到可行性与现实性,让二期课改走得稳当些。

《解放日报》记者　庄玉兴

"半部《论语》治天下"

　　前日，与同学伟平聊天，谈到了《论语》，又联系到了教育。伟平先生出语深刻，说古人所云"半部《论语》治天下"真有概括能力，治天下讲的是政治，但《论语》讲的是教育，那么换句话说，教育就能治天下，不但能治天下，而且只要学一部分就能治天下了。伟平的语言就是深刻，他在教育报社工作，对教育有一番独特见解，他调侃我说，你做校长20年，如有机会，差不多也能治"天下"了。

　　由于感触特深，便去查阅关于"《论语》治天下"的有关信息。南怀谨先生的《论语别裁》写道："宋朝开国的宰相赵普说过'半部《论语》治天下'，这是中国文化中的一句名言。因为赵普与赵匡胤年轻时是同学，出身比较艰苦，来自乡间，一生没有好好读过书，后来当了宰相。'半部《论语》'是谦虚的话，表示书读得不多，只读了半部《论语》而言。另一方面，据历史上记载，赵普碰到国家大事或重要问题不能解决的时候，他都停留下来，把今天不能解决的问题，搁置到明天再解决。有人看到他回去以后，往往从书房里拿出一本书来看。后来他的左右，为了好奇，想知道这个秘密，背地里拿出来一看，就是一部《论语》。其实《论语》并没有告诉我们如何治理国家，更没有告诉我们什么孔门的政治技巧，它讲的是大原则。本来读书就不该把书上的话呆板地用，通常一句书的原则，可以启发人的灵感,发生联想。"

可见南怀谨先生对这一句话的理解是:读书得来的东西是可以发生灵感和联想的,《论语》不管是半部还是一部都有它的精华。因此,并不是政治书籍就能治天下,其他理论也同样能在治天下中起重要作用。

我们现在的教育界,就教育而论教育已发达到了无以复加的地步。评职称需要论文,且必须是有关教育方面的;对语文老师的文学作品、英语老师翻译小品,都视作不务正业的题外话,决不给以评定,也不给定级。我校的体育组长,今年论文评级就得了 D,我看看他的文章,感到写得不错,有理论有实践,也写得文通句顺,后来一打听才知道他写的是"专项训练",而不是"体育教学"。

许多学校的领导,跟着教育局领导们的风,上级吹东风,他就说春天到了,上级吹西风,他就说天冷得飞着鹅毛大雪;学习上也是,非教学理论不学,非专著不念,哪怕念得半懂不懂。于是杂书不念,野书不看,至于小孩们喜欢的那些玩意更是不屑一顾。

教育工作者,应该是一个杂家,这个"杂"就杂在知识面之广上,"杂"就杂在跟着时代上。那一天,我偶然坐儿子的车,音响里放着刀郎的歌,我说,这刀郎这么破的嗓子唱"二路电车"还居然能这么上座。儿子惊讶地看看我说:你怎么也知道刀郎? 在年轻人的眼里,似乎对于教师,尤其是对老教师而言,时尚在他们那里就是刘姥姥进大观园一样的不可思议。我对他说,我不知道"粉丝"是什么,不知道容祖儿唱的什么歌,不了解"博客"是怎么回事,我还能做教师吗?

学校里的教师要不断为自己充电,多接触一些教育之外的东西,需要经常跳出教育看教育,走出学科学知识。只有这样,教师的教学资源才会源源不断。

所以我说,学校里教师的政治学习,能否少讲一点道理,多面对一些现实；能否开一个美容讲座，而减少一次读报读文件的安排；能否请个金融专家谈谈目前的房产和股票，而减少一次教职工参加某项教学检查的动员；能否听取一次关于台海、韩中问题的形势报告，而减少一次关于"二期课改"的纯理论阐述。总之，教育者应该是个杂家，多懂比少懂好，多看一些教育之外的知识书籍更好，否则我们将被社会所淘汰。

链接：

古人对于所谓"杂家"的划分本来是不合理的。班固在《汉书·艺文志》中把春秋战国的诸子百家，很勉强地分为"九流"，即所谓儒家流、道家流、阴阳家流、法家流、名家流、墨家流、纵横家流、农家流和杂家流。他所说的杂家是"合儒墨，兼名法"的，如《淮南子》《吕氏春秋》等等。后人沿用这个名称，而含义却更加复杂。其实，就以《淮南子》等著作来说，也很难证明它比其他各家的著作有什么特别"杂"的地方。以儒家正统的孔子和孟子的传世之作为例，其内容难道不也是杂七杂八地包罗万象吗？

殊不知，真正具有广博知识的"杂家"，却是难能可贵的。

学点"八股"搞教育

　　日前,拜访一位上海语文界的专家,说到对"八股"的理解。这位专家语出惊人,说他喜欢"八股文",也喜欢使用一点"八股文"式的教学,说是语文写作从头开始,没有框架怎么学习。

　　对此,我茅塞顿开。

　　我没有细心研究过"八股"和"八股文"。但就语文的作文教学来说,让初学写作者了解某类文体的大致格式,先按格式写文章,写多了,写好了,再来破"格",这种"八股"教学可以成为打好学生写作基础的一个十分重要的方法。

　　前两天,我按这种思想对我的教学班进行作文指导,题目是"我家的分歧"。我编了一个填充式的作文训练题:"爸爸说_____,因为_____;妈妈说_____,因为_____;爸爸和妈妈在_____问题上发生了分歧。我认为,爸爸的说法有道理,他说的是_____,妈妈也说得不错,_____。对此,我为难了,_____。"(请在空格上填上内容,写成文章)与我同教的周老师看到我的作文练习,一针见血地批评我说:你教的是"八股"。但事后,我知道她也把这一题拿去训练,据说效果还不错。

　　写作教学的"八股"引发我对教育的思考,我觉得基础教育不要一股风地创办学校的特色。现在的风气是每个学校都研究自己的口号,大家做了许多文字上的游戏,什么"勤奋、成材"啦,什么"三 W、四有"啦,如此等等。也有领导专门喜欢这一套的,否则哪会出现这股风呢?

其实,学校要有特色没错,问题是一些学校连基本的教学观念都理不顺,基本的教学规范执行起来都有困难,还谈什么特色呢?我认为,所有的学校都应从规范做起,少提特色、少讲空话,摒弃好高骛远,脚踏实地去办好学校。

教育行政部门在研究一个学校发展,尤其是新办学校发展的时候,要有一点"格式化"的意识,学一点"八股"的章法,这样有利于办好学校。

链接:

八股文每篇文章均按一定的格式、字数,由破题、承题、起讲、入手、起股、中股、后股、束股八部分组成。破题是用两句话将题目的意义破开,承题是承接破题的意义而说明之。起讲为议论的开始,首二字用"意谓"、"若曰"、"以为"、"且夫"、"尝思"等开端。入手为起讲后入手之处。起股、中股、后股、束股才是正式议论,以中股为全篇重心。在这四股中,每股又都有两股排比对偶的文字,合共八股,故名八股文。题目主要摘自四书、五经,所论内容主要据宋朱熹《四书章句集注》,不得自由发挥、越雷池一步。一篇八股文的字数,清顺治时定为 550 字,康熙时增为 650 字,后又改为 700 字。八股文注意章法与格调,本来是说理的古体散文,而能与骈体辞赋合流,构成一种新的文体,在文学史上自有其地位。

民办学校"四个怨"

我没有搞过民办学校，但我的友人中有"吃"民办学校"饭"的。在与他们的交流中，我体会到，在中国现时教育的体制下，基础教育中的民办学校是难办的。我的友人每每谈到这些总有些怨气。

民办学校之一怨

怨就怨在不公平投入。第一，按照国人的传统观念，小孩子读书是为国家培养人才，教育投入应由政府承担。虽然选择民办学校就读的学生大有人在，但却不愿付出太多的钱。2004年的上海市高中生生均经费已达到每人每年一万多元，而有些民办学校的收费还达不到准成本水平；第二，地方政府只作理论上的支持，一般都不拨款，反而还设置收费标准的门槛。按理说，基础教育中的民办学校原本有两个投资方，一个是学生家长，一个是政府，应该资金充足，然而现状却是一家不愿多出，一家不作投入。因此，近年来基础教育中的民办学校均没有盈余，甚至有一些民办学校无以维系而面临关闭。

民办学校之二怨

怨就怨在政府对生源的控制上。冠冕堂皇地说：高中招生是学生自愿填报志愿的,但是政府对寄宿制高中每每都是上亿的投入,其办学条件大多超过民办学校,在教学设备、设施以及运转经费的投入上也占绝对优势。面对这样的情况,谁还愿意每年多花几千元钱去上民办高中? 于是进民办高中读书成了学业差的学生的无奈之举。生源的差异造成了学校的质量差异,质量差异更使优秀学生望而却步,优秀学生的不足使优秀师资外流,教育质量严重下跌。如此恶性循环,对民办学校来说,除了无奈还是无奈。

民办学校之三怨

怨就怨在教师体制不一样。中国目前还处在社会主义初级阶段,在人事体制上,把事业、企业、国有和民办人员的性质截然分开。同样是有国家颁发的"教师资格证",却有着教师的事业编制身份和企业编制身份之分。最让人敏感的是教师的职称评定和社会保障金的交纳。民办编制教师的职称评定常常因其民办而难度更高,民办编制的社会保障金因其民办而交得较少。这些情况都涉及到教师们的切身利益,将关系到一个教师退休后的待遇。这样,还有多少优秀教师愿意去民办学校任教呢? 虽也有政府为支持民办而提供一定的事业编制数,但杯水车薪,无法组建一支数量足够、质量优秀的民办学校师资队伍。所以民办学校教师结构为:退休返聘教师多、新教师多、临时教师多。师资如此地不稳定,教学质量就可想而知了。

民办学校之四怨

怨就怨在董事会与校长的办学目的、管理思想很难吻合。上海最早的真正意义上的民办中学办在市郊,当年以其漂亮的校舍、装备优良的教学设备、得力的合作方、有名的校长而在沪上轰动一时。但近年来生源大量流失,学校难以维系,据说十年内换了九个校长,究其原因还是董事会与校长思想不够吻合。

教育嫁接到企业上,肯定有难以吻合之事。这犹如人类的肝脏移植,排异现象的出现是必然的。从校长看,过惯国家拨款的日子,在向上要政策、要资金、要人才的能力上特别强,但在效益的思考上往往欠缺;从董事长看,办企业的目的是为了盈利,办学也是为了赚钱,提高学校形象的目的也是为了赚钱。两个和尚,一个是东山的,一个西山的,念的不是一本经,一个念的是教育经和计划经济经,一个念的则是赚钱经和市场经济经,两者之间能有多少吻合是可想而知的,要做好工作当然也是很难的。

去年,国家出台了《民办教育法》。但按照国人的习惯,要全盘接受、全部照办、依法办事,还需要有一个过程。

突然冒出一个可笑的想法,是否可以这样理解,公办学校是"官商",而民办学校是"民商"。"民商"如要竞争过"官商",除非"民商"变成"奸商"。

链接一:

民办学校财政危机

据说《半月谈》杂志报道,山西商人任靖于1994年创办了山西南洋国际学校。随后,南洋像滚雪球一样迅速发展起来,到最高峰时,在山西、江苏、四川、河南、山东、辽宁、北京等省市拥有12所南洋学校,成为我国民办教育的"王牌军"。然而到今年才仅仅11年时间,南洋学校却从盛极一时到现在陷入了财政危机重重的泥潭。

"南洋事件"警示我们,政府对民办学校监管不当,将可能使民办学校面临难以解脱的困境,给老百姓造成难以挽回的损失。

链接二：

构建教育公平竞争

记者日前从正在召开的浙江省民办学校协会基础教育分会年会上获悉，诸暨市政府率先开全国实行财政资助民办普通高中的先河，此举为构建公民办教育的公平竞争新格局提供了有力的依据。"市政府资助我校的 65 万元 4 天前已到账，这是我们第二年得到市政府的资助。"海亮总校校长孟章焕对记者说。

"用公共财政资助优质民办高中，这在全国还没听说过，至少在浙江省是开了先河。在民办中小学普遍遭遇公办学校挤压的情况下，诸暨市政府的这一做法尤其值得倡导，应该向全国推广。"原浙江省教育厅副厅长、国家督学黄新茂说这话时有些激动。

诞生于 20 世纪 90 年代中期的荣怀、海亮、天马 3 所民办学校，校区相邻、规模相近、模式相同、质量相当，3 所学校总投资超过 9 亿元，目前是全省优秀民办学校。在众多民办学校陷入困境时，诸暨市的民办教育却发展喜人，其规模、学生数和教育质量均居全省前列，形成了中国民办教育中特有的"诸暨现象"。

孟章焕说，诸暨市政府历来对民办学校非常支持，在民办学校扩大规模时，给予建设用地的支持，并减免有关税费；全市 3 所民办学校教师的 1/3 由教育局公派，确保教师在业务培训、职务聘任、教龄和工龄计算等方面与公办教师享有同等权利。此外该市从 2004 年开始允许 3 所民办学校各招收 6 个公办班，按照公办学校规定收费，政府每年从地方财政中划拨给 3 所学校每年 6 个班级的人头经费 200 余万元。

黄新茂认为，诸暨市政府的这一举措意义重大。政府掌握的公共财政来源于公民的纳税，纳税人应公平地享受公共财政，用公共财政支持民办教育，让作为纳税人的民办学校学生家长享受公共财政,这是天经地义、合情合理合法的事。

公共财政资助民办教育,这是国际上通行的做法。据黄新茂介绍,发达国家财政资助私立学校的额度大约为所有支出的15%～100%。

黄新茂及孟章焕等与会民办学校校长呼吁:构建公民办教育共同发展、公平竞争新格局,改革教育投资体制,政府应制定政策,将财政资助民办教育纳入正常轨道,以此体现公民办教育竞争的公平性,促进民办教育事业的发展。

（记者　叶　辉）光明日报

亡羊补牢，为时不晚

　　这个命题有点骇人听闻了，其实这样的情况就发生在我们的身边。

　　20世纪80年代的中国教育，打开了大门，向西方学习办学体制、学制结构。西方术科教育的思想对我国产生了巨大的影响。许多专家提出，中国学制中的"术科"（技术科）教育太薄弱，于是在20世纪80年代后期，中专、技校、职校办了许多；还在高中和初中强调学生劳动技术能力的培养；也有人提出了高中分叉，一部分学生升大学，一部分学生升技术学院（大专）的模式；初中也提出了初三分叉，一部分升"三校"（中专、职校、技校），一部分升高中的模式，并在一些学校付诸实践。

　　其实，教育家们研究的东西与老百姓理解的思想不一定很吻合。

　　不信？你看，现今的初中学生，很少有人愿意放弃高中而读中专、技校、职校。高中毕业生哪怕是将就读个"二本"也不愿上技术学院的本科，就算无奈进入这类技术类学校，家长们首先考虑的仍然是财贸、经济、文秘等非技术类专业。这样下来，今后的社会凡从事技术类（尤其是技工类）的人群，都是一些学习上较落后的学生，凡读书优秀的学生都不希望在技术类（包括技工类）的岗位上工作。

难怪德国人要说,中国的教育比德国好,奥林匹克学科竞赛得奖者以中国学生为主,但是中国人还是要进口德国的技术和德国的工艺。

领导们和专家们已经看到这一问题的严重性,温家宝总理在"十一五计划"中提出全国要重视职业技术教育的问题。可是这好像只能起到一些"亡羊补牢"的效果。

而我们教育行政部门是否真正重视了技术教育呢?

为什么,初中考试中,物理总是徘徊在"小三科"的地位,试题中动手实验题的比例如此之低?而初三理化毕业测试只流于形式?

为什么,各单位在聘用人员时,强调的是英语的考级,或是哪个名牌大学毕业,常常无人来测试一下应聘学生的动手、实践能力?

为什么目前的考试制度没有纳入对学生动手、技术能力的考核,而又很少有人去涉及研究呢?

为什么上海这几年来的高中阶段招生中,普通高中的比例逐年上升,以致有的区县达到7∶3的情况,而当今年市里要求"返璞归真"而达到5∶5的时候,许多区县又显得进退两难,大多以6∶4而作一折中呢?

中国人喜欢学文的多,喜欢做经理的多,这不应算作坏事,但我们的技术还是要靠进口,甚至高级技工都得从国外引进。这种现象5年10年看不出问题,20年30年之后肯定问题百出。

鄙视技术工作,整个社会都会遭到报应,亡羊补牢,为时不晚。基础教育在这方面的工作是任重而道远的。

链接一：

一项调研披露原委

2005年，湖北省中职毕业生就业率达到95％以上，远远高于本科生的就业率。为何会出现这种局面？近日，由省教育厅、省政府发展研究中心等多个部门组成的中职教育调研组，拿出了一份沉甸甸的《湖北省中职教育调研报告》。

这份调查报告分析了促进中职发展的四大原因。

现代化制造业急需技术工人

湖北省工业化已经进入新阶段，现代制造业的发展需要大批技术工人。被调查的6家企业一线工人50％以上是中职毕业生，而武汉仪表电子学校、武汉应用科技学校80％以上学生在东湖开发区就业。调查显示，企业对中职学生的欢迎程度高于高职生，因为他们更加关注学生的技能培养。随着生产规模的扩大，一些企业未来5年对中职生的需求将增加5倍。

家长观念更加务实

一些学生选择中职是抱着"就业一人，脱贫一家"的想法。调查显示，50％以上的农村学生和家长愿意选择就读职业学校；武汉有49％的学生为了早日就业，24％的学生为了技术致富而选择中职学校。

针对企业需求设专业

近年来，湖北省中职面向市场自主发展，促成了高就业率。一是面向市场设专业，如武汉交通学校围绕汽车产业发展，设置车身工艺、汽车电子、汽车商务等专业。二是面向就业开设课程，武汉仪表电子学校围绕光谷电子企业需要，在电子专业中设置贴片课程，毕业生大受用人单位欢迎。三是面向订单抓培养，孝感工校等学校基本实现了招生即招工、毕业即就业。

政府严格控制普职比

政府统筹高中阶段教育协调发展,武汉、黄石等市政府严格控制高中阶段各类教育招生规模,如武汉市普职比确保达到6∶4。

《楚天金报》2006年2月13日

链接二:

数控机床月薪六千难招人

在一季度,以数控机床工为代表的机械加工技术人员供给出现缺口,再次凸现出本市高技能人才"供不应求"的现状。上海公共招聘网统计资料显示,一季度,用人单位共招聘数控机床工近4 000人,开出的月薪最高达6 000元,但结果只有不到1 000人前来应聘。作为高技术高复合型岗位,数控机床工不但需要从业人员具备传统的机床操作技术,还需要其在电脑编程、几何分析等方面有一定的造旨。

《青年报》2006年4月22日

规模大就效益好吗？

改革开放后，我们做事都讲究效益。许多人就以企业的管理模式来理解自己的行业，人们对企业的托拉斯、集团以及连锁等字眼特别看好。总是认为企业"以规模促进效益"有着诸多的合理性。

终于有一天，搞教育的人也看上了这一点，认为学校也是可以向企业学习这一点的，也是可以搞规模效益的。

于是学校的兼并开始了，不断膨胀的学校就出现了。因为基础教育的公办学校是政府统一管理规划的，所以学校的兼并就成了一件轻而易举的事情。

中国人办事，就是越大越厉害，谁怕谁呀，你有 30 个班的规模，我就有 60 个班的规模。我的一位同学在江苏做校长，他已办了一所 90 多个班级的学校，那学校 5 000 多学生，400 多教职工；一位在海南做校长的同学，学校已有 1.6 亿的投入，纯高中已办了 60 多个班，根据领导意图明年追加投入，意欲办 90 个班的特大型纯高中，这样的学校每个年级都是一个小学校，全校就差不多是一个教育局了。

办这样的学校，出发点是集中优质资源，充分利用师资，提高办学效益，这样的想法也确实有许多道理。学校规模大了，校长总结时,总有几个优秀学生,学校大了什么样的工作人员都有,可以说是人才济济。的确,大学校的好处似乎也真不少,但我却认为应该给它泼点冷水。

首先,学校的规模并不是越大其效益就越高,因为当一个学校的场地、实验室、图书馆使用达到一定频率的时候,其余多出来的班级,必须要再投入新的设施设备;当一个学校的师资配备达到一定的比例之后,学校的大小不会产生新的师资效益。一个环型田径场可以供30多个班的学生使用,但拥有50个班的学校用一个田径场,就显得不够,就需要再建一个田径场。

第二,学校要提倡办特色、办精品,不要大统一,不要搞同类竞争。一个校长就一种思路,90个班的学校,如果办成20多个班的中型学校,就是三个。三个校长就三种思路,三种思路办成的学校,总比一种思路好,因为社会需要的是各种有特色的学校和不同特长的学生。

第三,一个大型学校因人员出入、会议召集、大型活动、新型课程开设而产生的学生流动,乃至学生来校的交通安全,常常会花费学校更多的精力,会产生因校内人数太多而造成的麻烦;也会因小区域内的安全问题而引发全校性的安全问题、人际矛盾等等。

那么什么样的规模最受校长的欢迎、家长的欢迎,能真正得到社会的拥护呢?

1. 班级数必须成双,同类班级不少于四个。因为按照现在教师的工作量来说,主课教师一般均以两个班级的工作量来安排,这样每个年级配两人以上的教师就有助于教师之间的研讨、合作。也就是说首先要控制不要把学校办得太小。

2. 从实验室配备的角度来说,一个学校的初中部,可以是4~8个班,最佳状态是6班。6个班的实验室使用、准备,都可以达到最好效益,以初三物、化每周各3节来看,6个班就是各18节,18

节分配在 5 天,如有 50%的课到实验室上,那么物理、化学实验室每周各使用 9 节,每天约 2 到 3 节,这样的节数有利于实验的准备。

一个高级中学最理想的状态也是每年级 4—8 个班。班级数多了,实验室不够,影响教学质量,如果再建设几个实验室,那就是浪费了。

3. 从操场等配置的角度来说,一个完中学校最佳的规模状态在 20~30 个班;纯高中与纯初中,同轨班级控制在 4~8 个班。因为以 30 个班的学生体育课计算,每周每班三节,即 90 节体育课,平均每天约 15 节,如均在室外完成,可见这操场的使用效率了。

4. 学生年级大会,肯定也是经常要开的。从中学生的特点来看,200~300 人的会议效果是最佳的,也最易挑选会议场所,人多了,学校要么建成礼堂,否则就无法集合开会。

最近看到北京市教委公布了新的《北京市中小学校办学条件标准》,对学校的规模提出了"适宜规模"的概念,这个"标准"规定了中小学校的适宜规模:小学平行班 2~4 个,初中是 6~10 个,纯高中是 8~12 个,这是一种对目前教育界有些人在规模上仿照企业效益的一种制约,这样做是符合教育规律的。

链 接:

北京市中小学校办学条件标准出台
强调适宜规模　没有城乡差别

北京市教委网站 12 月 29 日公布了新出台的《北京市中小学校办学条件标准》,该标准由北京市教委、市发改委等部门联合下发,对中小学校园面积、设施标准、班额设置等作出了具体规定。

为保证学校教育质量、管理效率和办学效益,新《标准》对学校规模进行了控制,首次提出建设适宜规模学校的概念,包括班数规模、学生人数规模、用地及建设规模。

依据教育质量和办学效益相统一的原则,标准规定,初中和小学每班原则上不超过40人,高中不超过45人。

新标准规定,独立设置的小学及9年一贯制学校每个年级的适宜规模是2至4个班;独立设置的初中每个年级6至10个班;完全中学每个年级4至6个班;独立设置的高中每个年级8至12个班。这个数额限制与现在的实际情况相距甚远。据了解,目前一些优质教育资源的学校几乎每个年级都有十几个班。有关专家认为,班级数量较多会对师资平衡产生影响,新标准的规定虽然不能马上实现,但随着入学学生数量的减少,这个目标并不遥远。

市教委表示,凡符合该标准规定规模的学校为"适宜规模学校",新建或改建学校应以适宜规模为标准进行规划建设。

《北京晚报》2005年12月30日

异想天开四则

我住在一个大学教师集中居住的小区,每天清晨总看到几辆面包车前来接几位教授去上班,后来知道这派车过来的大多是民办大学,他们是来请这些教授去学校讲课的。

民办学校比公办学校更讲效益,他们把自己的人员编制收缩得很紧,却想方设法地请到名牌大学的教授。这样的教授不需要学校缴纳社会保障金,也没有其他人事管理上的麻烦,只要签订一个使用协议,学校付出一笔酬金就可以了。谁请到的教授水平高,谁的教学质量就高,谁的学校声誉就好,谁就能招到自己想要招的大学生,学校当然也发展得好。

由此想到,基础教育能不能也学一点民办大学对师资安排上的这种做法呢?使学校的人才使用和课程开设更讲效益呢?经再三思考,下列四点是否可以研究试验,并通过总结实施?

1. 教师资源的社会化。

把教育系统的人员分为两大类别:一是专业教师,即具有相应教师资格证的各种教师;二是行政人员(管理人员),即从事学校行政、教务、后勤的人员。学校人员编制中只有管理人员,而在社会上成立一些类似会计事务所、律师事务所的专业教师事务所。

专业教师事务所是社会的一个教师管理服务输出部门,每年招聘各类师资,并进行培训、管理,然后由他们向学校输出。学校每学年向专业教师事务所聘用有关学科教师,签订协议,讲好薪酬,规定上课的时间、地点和考试质量。专业教师事务所的教师是可以流动的,讲课而不坐班,他愿到哪上课和学校聘用谁来上课实行双向选择。

这样做的好处是:第一能充分发掘优质师资的资源,让他们更好地为社会服务;第二减少学校对教师除教学质量以外的其他管理;第三使教师不断加强自身的修养,以提高自身在社会上的竞争力。这也许能叫作教育的社会化,或称为教师资源的社会化使用。

2. 基础课程半日化。

基础课程是国家所规定的学生必须完成的课程。目前基础教育学校都实行全日制管理,有严格的"某某学校"、"某某学校学生"的概念。从二期课改的课程设置来看,基础课程只占学校总课程的一半左右,也就是说,用学生原来在校学习的一半时间就能完成这些课程。

对这类课程,各个学校可以实行半日制管理,在学校上半天课,由学校按目前的管理模式对该校学生进行管理,实行课程评价和质量管理,但时间由整天缩减为半天,将下午半天时间空出来,由学生自主完成其他课程的学习。

3. 研究型、拓展型课程俱乐部化。

研究型、拓展型课程的主要功能是发展学生的个性,因此在课程开设中强调学生的个人选择。俱乐部化就是利用学生的下午半天时间,各所学校均向学生开放,开设各类研究型课程或拓展型课程。学生对学校的课程进行选择,学校对学生进行课程学习注册。学生愿到哪里上课、听课,就到哪里上课、听课,学校能开设什么样的课就开什么样的课,这也是双向选择。

有关课程完成之后由社会进行某一课程的合格证考核制度。

这种俱乐部式的课程一般在交通发达的大城市区域内可以实施。按照目前上海的情况，许多人口集中地区，可以实施。

4. 班主任工作属地化。

对基础教育的学生来说，他们的成长需要指导。学校、家庭、社会应把教育学生的责任共同承担起来。因而学校可以与地区（小区）一起联手成立一个专职的教育机构。这个教育机构不设在校内而设在小区里，聘用若干专职教师，从事统筹该地区一定范围（或学段）学生的学习、生活、社区活动。社区教育部门可以将学生按年龄组成不同的班级，开展以学生思想教育为主要任务的各项教育。这样做的好处是：班主任工作与社区活动紧密结合，与家庭教育紧紧相连，有利于学生的成长，也有利于充分发挥在学生德育工作中学校、社会、家庭的联动作用。

以上四点实际上是一项工程的四个方面，每个方面相对独立又紧密联系，其最大的优点是：(1)继续确保国家课程的实施；(2)满足了学生的选择；(3)充分利用教师资源和社区资源。

链接一：

实现教师的"社会所有"

一位教师身兼数校课程，这在国外并不新鲜，国外许多教师都有好几所学校的聘书，尤其是优秀教师更是被多家学校争相聘请。但在国内由于人事制度限制，教师去外校讲课首先就无法过单位（学校）这一关，更不用说被其他学校正式聘请了。

只有实现教师管理从"单位所有"到"社会所有"的转变，突破并疏通教师作为社会人才合理流动的"单位壁垒"，实现教师人才的社会化，按照教育市场的人才需求情况来统一配置教师资源，才能促进教育人才市场供需主体的真正到位。具体来说，就是由教育管理部门直接对属地的教师实行统一的人事管理,学校只负责教育管理工作,不涉及教师的人事管理,教师由当地学校自由聘任,教师收入实现与课时数量、质量全面挂钩,不再有工资和外快的区别。

《光明日报》2004 年 11 月 26 日

链接二:

社 区 教 育

我国社区教育是从 20 世纪 80 年代中期兴起的。社区教育从提高青少年素质的学校社区教育,逐步拓展为提高社区全体成员(包括青少年)的素质、生活质量和发展社区的社区教育。社区教育建立起以社区为依托,整体育人、提高全民素质的新格局,促进了教育和社区(社会)的结合,产生了明显的效果,显示出重要而深远的意义。

社区发展是一个国际通用的概念。社区发展实际上是一种教育与组织的行动过程,以提高社区居民的素质和生活质量,运用社区内外的各种资源,促进社区经济、文化和社会进步。社区发展的重点是人的因素、人与人的因素,是人的培养、发展和教育。

江泽民同志在中国共产党第十六次全国代表大会上的报告《全面建设小康社会开创中国特色社会主义事业新局面》中,谈到全面建设小康社会的目标时提出:"形成全民学习、终身学习的学习型社会,促进人的全面发展"。建设学习型城市、学习型组织、学习型社区、学习型家庭的活动,已在我国一些发达地区广泛兴起。

应该说,和以往相比,从来没有像现在这样关注社区、关注社区建设、关注社区教育、关注创建学习型城市、学习型社区和学习型组织。本人认为,在21世纪,社区教育将有较快的发展。

《展望21世纪我国社区教育》厉以贤

异想天开四则

择校之风难以了

近年来，教育行政部门作出了义务教育阶段就近入学的规定，目的是为了解决义务教育阶段学校办学水平之间的差异，让学生平等地享受入学权利，也为了减轻学生从小就承受过重的择校升学考试所带来的压力。

多年来，政府三令五申，不得举行与入学有关的考试，然而，一些学校仍然偷偷地进行考试以选择他们所需要的学生。一方面政府向薄弱学校倾斜教育资源；另一方面，家长们仍然四处奔走，为子女选择好的学校。于是有专家建议通过加强师资流通、共享教育资源等措施，缩小学校之间的差距；也有专家忠告家长不要产生不平衡心态，不要盲目攀比，不要错估了自己的经济实力。似乎这些问题解决了，择校问题就会迎刃而解。

择校的原因是很复杂的，主要来自两个方面。第一，从目前情况看，学校之间的差距是相当大的。一个教学质量差的学校并不会因为有几个高水平教师的调入，或者多配备一些教学设施就能提高教学质量，得到家长的认可。每个学校都有一种文化，没有一定的时间是无法改变面貌的。既然学校之间的质量差异是无法在短时期内缩小的，那么，想通过缩小差异来制止学生择校，是远水救不了近火的。

再看看学生择校的另外一个原因,择校的根本目的是选择一个优良的学生环境,也就是学生的同学环境。中国古代孟母三迁的故事是一个很朴素的选择子女成材环境的例子。人们普遍认为,人所处的环境、人所交的朋友,会影响一个人的思想,决定他的行动力,乃至他今后的命运。任何一个学生,都有遇到困难和懒惰的时候,交一些积极的朋友,会使一个人时常处在积极的环境中,保持那份学习的热情和冲动。如果将同学比作是人生中的财富,那么交结一些好朋友就是你的资产。而家长选择的不光是学校的优美、设备的优良、教师的优秀,更看中的是一个生源环境。

由此看来,择校之风无法制止的根本原因,还是政府对这些"名"校的招生控制不严。据我所知,政府部门也常常有难言之隐,因为领导们手头说不定就有几个亲朋好友需要照顾,于是对那些学校赋予一定的自主权,而且这种自主权越来越大,导致招生竞争越演越烈,择校之风也就越来越盛。

既然择校是很难控制的,那么,政府索性顺其自然,可以用提高收费标准(包括收取一定的消费税)的措施来吸引更多有经济实力的家庭的子女。这样许多人会先从"信价比"角度更多地考虑"得"与"失",再来择校。这样就会使大部分优秀学生认真思考,终而有一部分人望而却步。如果一个学校对优秀学生没有足够的吸引力,又充斥着大量的"暴发户"子弟,那么这样的生源环境是不会吸引大量的家长前来选择的。

链接:

择校使教育市场失灵

义务教育的本质应该是一种相对公平的教育,亦是为达到更广泛的社会公平而服务的教育,追求教育领域的社会公平是政府的基本责任。

对义务教育阶段"择校"问题的治理，必须采取综合措施，而不能只将其局限在教育领域之内。因为择校现象之所以长期解决不了，除了优质教育资源稀缺、校际之间客观上存在较大差距之外，复杂而深刻的社会因素所造成的如墨顿所说的"对制度性规则的制度化抗拒"现象也是重要原因。这些因素考量着政府的教育政策。

政府应从保护学校转向保护受教育者的利益，最大限度地追求教育利益分配的社会公平。政府的教育决策活动应从最大多数教育消费者的要求和利益出发，针对教育资源短缺、选择教育、学校竞争、弱势群体和基本的教育质量标准等问题，作出公平的制度安排，解决市场失灵所带来的问题。

朱四倍

学校、社会各司其责

　　不知从什么时候开始，大多数学校对学生实行大面积的补课，而且有的学校根本不管上级的规定顶风作案。假期一到，一些区县的督导员就成了稽查那些违章补课学校的稽查员，一发现问题就立即制止。而阳奉阴违者大有人在，甚至还有打着"艺术班"或"联合办学"旗号的。各类补课有收费的，也有不收费的。

　　一句话：上面政策不许补，下面学校照样补。

　　从教师这一边看，面对大面积补课，大多数教师一致公认的是：大面积补课常常把教师的休假给剥夺了。参与补课只是由于学校作了安排，不得已而补；学校领导也了解教师的心态，于是在补课费上大大加强，否则教师积极性就不高，学校也对不起教师；学生那边更是怨声载道，他们根本不喜欢这种"恶"补，实在是为了听从学校安排，再则人家补了，自己不可能不补，如果不补就变成了缺课，缺了课就要落后于人，这叫不得不补。

　　由此看米，大面积补课的问题似乎都山在学校领导身上。

　　其实，有许多学校领导也并不想大面积补课，但常常屈服于各种压力。压力之一来自兄弟学校，其他学校在补，我们不补，将来就不是公平竞争，要吃亏；压力之二来自家长，家长会把学校不与别的学校一样补课，看成是对学生不负责任的表现；压力之三来自自己的内心，是对自己学校教学质量的把握没有底气，忧心忡忡，也有为了保"乌纱帽"的，只好去补。

从大面积补课的效果看，教师是为了完成任务，学生怕的是不补要吃亏，领导出于无奈，而家长呢，满以为学校补了课，家庭对学生的指导和适当的家庭辅导就没有必要了。由此，大面积补课的实际效果也是可想而知的。如果说补课的目的，是为了考试出好成绩，那么低层次的讲解作业、练习的反复炒作，根本在近年来的考试中（近年来考试讲基础，难度不高，强调应用）看不到一点优势，反而造成学生的"厌学"。

对于教育学生来说，家庭、学校、社会都有共同的责任，有共同的任务，只是在时间和空间、内容和方法上有所不同而已。

我们可以这样认为：学校对教学工作的责任，在于充分利用学生应该在校学习的时间，提高效益、提高质量。至于学生走出校门，每周 36 节课时之外的空当都应该由家庭负责、由社会负责。

社会可以开设各种业余补习学校，开设不同类型的、不同年级和学业程度的、不同学科和学习方法的班，学生愿去的就去，不愿去的就不去；这些学校的师资可以聘用度假的教师，教师愿去教的就去，不愿去教的就不去；政府只要管好这些业余学校依法办班即可；至于家庭应协助学生选择在什么样的时间读什么样的班，包括个别化辅导。全日制中小学校根本没有必要犯上作乱，自作多情，自己给自己套上一个枷锁。

一个学校想靠大面积补课来提高名气，好像并没见过几个。再则，补课的学校少了，那些热衷于"大面积补课"的学校被人看不起，被周围的学校所不齿，这样的话，大面积补课之风就完全可以刹住。

链接：

中小学生早已不堪重负

长期以来，不少老师和家长在认识上有个误区，认为学生只有不停地学习，效果才好。其实这对孩子成长成材来说，如同一个陷阱。现在的中小学生早已不堪重负，无休止的补课更使孩子们失去了最后一点可自由支配的时间。

中小学时代是一个人心智发展走向成熟的黄金时间，也是获取新知、发展思维、开阔眼界、提升自我的最佳时期。学生需要有充分的时间玩乐，进行体育运动，参与社区活动，个性才能全面发展。否则，身心受到压抑，培养出来的只能是书呆子。孩子受到的这种束缚，很可能对其今后的发展产生深远的不利影响。

参加补课的学生还会产生依赖感。反正课后老师要补课，课堂上听不听无所谓，开小差、摆小话，扰乱了课堂风气，整个教学质量就不得不打折扣。

新华社记者 何云江 秦亚洲

农村校长出道难

我曾做过 6 年农村中学校长,刚来市区做校长的时候,总是有人问及我从何地而来,当我说到我原先那并不出名的农村中学的时候,人们总是带着一种鄙夷不屑的神色。这样的尴尬,差不多把我的自信都搞丢了。"文化大革命"时期讲人的出身,叫做唯"成分"论,现在这个时代还是有人在讲究人的"出身"。

其实农村中学校长并不是农民的代名词,也不是农民中的一般有知识的人,他们大多由一位从师范大学毕业,在农村中学跌打滚爬了多年的中学骨干教师担任,是一个知识分子,是一个工作在农村的知识分子。

从本质上看,他与城市里的中学校长没有差异。校长的层次有高有低,这就像城市里的校长也有高低之分一样。但是多少年来工作环境、生存环境的影响也真的使农村中学校长带上了"农村"的色彩。

首先从农村中学校长的生存环境看,农村中学一般均受乡镇政府和教育局的双重领导,由于学校经费的拨给由当地政府完成,又因为农村中学都建造在乡镇所在地的集镇上,所以相对而言,校长更多的是与乡镇领导作沟通。时间一长,从地方特点出发,从地方需要出发就成为农村中学校长思考问题的根本出发点;同时,农村教育为当地农村建设服务的口号,使农村中学校长容易成为乡镇文化建设的一个助手,常常把乡镇的阶段性工作落实到学校工作的各个方面。因而农村中学校长的工作常常带有"农村"色彩。

其次,从农村中学校长所管辖的教师来看,农村中学的师资来源一般都为当地的农民子女,他们中学毕业考上师大之后,不久又回乡献身于农村的教育。因此,这些同志的身上也无不带着"农气",带着农村土地的气息,思考问题的习惯、语言的交流,甚至穿着打扮都有着农村知识分子的特色。一般而言,他们大多讲究实际而少谈理论;埋头苦干而不抬头看路;从思想习惯上看,前景发展研究得少而现实问题思考得多。面对这样的管理对象,校长的宏观教育理念,常常要被现实所代替。

再从教育的对象来看,农民的孩子纯朴而又单纯,在思想上认为教师是比父母还伟大的人物,几乎没有一个孩子看到校长不躲开闪身的。他们尊敬老师,把老师看成"父母",差不多把老师的领导——校长看成是圣人了,把对校长的尊敬演化为畏惧,这是一种农村孩子的思考模式。正因为这样,如果不是一个刻意与学生接近的校长,那是无法真正把握到学生思想脉搏的。也正因为如此,农村学校缺少反思,缺少民主,尤其缺少学生对学校运作的参与,校长的民主办学思想缺少具有挑战意义的民主环境。

最后再看看学生家长,这是一批有着特殊身份的群体,他们那一辈缺少文化,于是把家庭的所有希望都寄托在孩子的身上;他们缺少信息,也不会知道如今的教育跟他们上学那个时代到底有些什么不同,更不知道教育改革是怎么回事;他们真诚对人,把教师看成是完美无缺的农村中的文化偶像,把学校当成是一个神圣的殿堂;他们看见校长,只会小心翼翼地说话,生怕自己讲错了什么。于是农村中学的校长在得到农民们尊重的时候,缺少了社会舆论对他的制约和监督。

一个农村的教师骨干成为一个农村中学的校长，一个农村的知识分子在农村生存了十年、甚至二十年之后，他的思想常常会变得务实而缺少敏锐、纯朴而又自傲，优点与缺点兼于一身。难怪城市里的人在看农村中学校长的时候，要把农村、农民与之紧密地联系起来。

　　一个校长在这样的生存环境下，是不利于他成为一个优秀的教育管理者的。好在教育行政部门也想到了这一点，定期的培训、青年后备干部的跨地区（进城市）培养、引导校长参观与考察、城市校长的下乡兼职以及名校与农村学校的挂钩等等，都已经在一定程度上为农村中学校长的成长创造着有利的条件。但这只是杯水车薪，更何况有的还只是流于形式而没有实质的意义。

　　如果把校长看成是一项职业，那么对校长的使用和培养也应从职业化的角度来思考，在考虑教育均衡的同时，能否引入关于校长流通（城市、农村）的措施呢？如果教育均衡在经费投入、师资配套上由政府把握的话，那么校长流通应该也完全可以做到。这三管齐下了，教育的均衡化才能真正实现。

链接：

上海市将设立特殊津贴吸引骨干教师任教农村

　　上海市将设特殊岗位津贴，吸引应届毕业生和市区骨干教师前往农村任教，在1月12日的上海市加强初中建设工程总结表彰大会上，上海市教委提出了这一举措。

　　经过3年的不懈努力，市政府实事项目"初中建设工程"宣告全面完成。各级政府共投入85.65亿元经费对占全市初中学校三分之一的相对薄弱初中进行了改造，全市19个区县政府的"加强初中建设工程"全部合格，547所公办学校全部达到二类以上学校标准,三类和四类标准的学校已彻底消灭。

为进一步推进义务教育均衡发展,上海市将在农村中学设立优秀教师特殊岗位津贴等制度,吸引应届毕业大学生及市区和城镇的学科骨干教师到农村中学任教,以稳定农村教师队伍。

《新闻晨报》2006 年 1 月 3 日

农村中学的教育目标

20世纪80年代后期,我作为一个农村中学校长,积极参与了上海市农村教育改革实验,我所领导的学校也成为农村教育改革实验的"联系学校"。

当时,我们这一批有志于农村教育改革发展的校长经常开会、考察、交流、研究——研究农村的发展,研究农村发展与教育的关系,研究农村的教育如何为农村的社会文化、经济发展作出贡献。当时大家形成一个共识,就是把培养学生从思想上热爱新农村,从小养成劳动习惯和劳动技能作为实验的一大目标。

但是随着形势的发展,也由于上级重视度的不够,至1994年这项实验草草结束。当时的13所农村教育改革实验联系学校也各奔东西,重新寻找自己的实验方向。

形势真的发展得很快,20世纪90年代上海农村城市化的进程迅速,随着城乡间交通时间的缩短,农村中学的师资起了变化,大批好教师往城里调;学生生源也起了变化,大量有良好政治或经济背景家庭的农民子女通过择校走向城镇;校园里增加了大量的外地户籍学生。教育的观念也在变,原本"爱农村,为建设家乡而努力读书"的口号已从墙上撤下,取而代之的是"争取使更多的学生考入高一级优质学校",这一观念正变本加厉地成为学校的追求。

其实，农村学校这样做也是有其原因的。

在上海农村，土地是否能招商引资已成为农村发展的重要项目，是衡量乡镇政府政绩的最重要指标。大量失地的农民似乎说到"农"字都已经有点不好意思，因为他们已经不需要在土地上实施他的理想；失地农民的子女，他们已经没有必要知道水稻如何播种、油菜哪天收割，他们只需要知道那冒着烟的大烟囱下的工厂里，工人的工资是多少，有没有交"三金"就行。

谁谈种田，谁就土。

农民的子女，经常会参加一些到城市的旅游或活动，这些活动打开了他们的眼界，注入了新的信息。也有几个表哥表姐或堂兄堂姐在城里工作回来的，那名牌服饰、自驾汽车的架势，谁不对城市生活向往有加？于是，到城里去工作顺理成章地成了农民子女的最高要求和奢望。"热爱农村，建设家乡"已经被人看作是低智商人谈论的话题。

农村的教育主管部门，对农村教育的方向也有一些迷茫。据说最近有一个区的教育局领导们，针对今年全市中考语文统考统批的新形势，迫不及待地制订一系列应付举措——又是请市里专家举行讲座，又是进行"语文教学专项督导"，怕的就是考试平均分不理想而受老百姓的指责，受到上级的批评。至于农村应该有的乡土教材，几乎一本也查不到，更不要说如何对学生进行热爱家乡的教育了。

"农村教育为当地农村的发展服务"俨然成为一句空话，与此同时，农村中学的办学目标很不明确。虽然，上海的农村应当与西部的农村有许多差异，但农村中学是否应该重新定位自己的办学目标？既然在学业上没有必要去和大城市的学校拼，那么就要在教育学生为农村的发展，尤其是党中央提出的社会主义新农村的发展作出贡献上多作研究、搞出特色。在课程上、在师资上、在对学生的培养上都应该作出一番认真的、新的思考。

依我说，上海的农村中学应当把培养学生热爱新农村的理想，训练学生建设新农村的手段作为一项重要的任务，在基础教育阶段应多学一点当地农村的区本教材，比如：学生应知道什么是生态农业，什么是循环经济，什么是一镇一品，一镇一品又有哪些特点；又如在课程中增加对学生的动手能力、劳动技能的培养。

在上海，如果全市用一把尺子去衡量城市教育与农村教育的质量，那是绝对不公平的。

从教育行政部门来说，首先局长要有勇气，农村就是农村，农村教育就是农村教育的特色，并将这些农村教育特色纳入对学校的综合评价体系。

第二，乡镇领导要有眼光，我们要站在建设新农村的角度为农村中学的校长减压，鼓励他们为农村的发展办出特色。

第三，校长要有措施，农村教育中可以利用许多当地的资源，让学校的教育与农村的实践结合得更紧密。

如果我们的农村教育将农民的子女教得"洋"不上去，又"土"不下来的话，那今后他的生存和发展怎么办呢？今后的新农村又靠谁来建设呢？

链接：

城乡义务教育两手抓　义务教育均衡发展不是梦
——安徽省教育厅厅长陈贤忠与记者的对话

记者：在推进义务教育均衡发展的过程中，遭遇的瓶颈在哪里？

陈贤忠：由于历史的原因、管理体制的原因，城市普遍存在义务教育学校之间办学条件和教育质量的差别,形成"择校热"。但是现在一些人仅仅看到城市的"择校热",而没有看到义务教育城乡之间的巨大差别。

我认为,义务教育城乡差别才是最大的不公平、不均衡。义务教育长期存在着城乡二元结构的问题。城乡义务教育在教育投入、办学条件、师资力量、教育教学水平等方面,都存在较大差别。所以从上个世纪90年代起,我们就强调把农村义务教育作为全部教育工作的"重中之重"。当然,我们不是只抓农村、不抓城市,我们的态度是两手抓,但农村面更大,难度也更大,见效可能会慢一些。

记者: 教育均衡推进,除了让人欢欣鼓舞之外,也产生了一种担心,就是强调教育均衡会不会导致教育行业失去竞争力?

陈贤忠: 这里首先要明确,教育事业是社会公益事业,特别是义务教育,不存在商业意义上的竞争。我们所说的"均衡"是相对的,不同的学校肯定还是有差别的。如果说有竞争,主要是办学特色上的竞争。我们正在推进区域内干部、教师合理流动的机制,加上我们已经推进多年的学校内部管理体制改革,当不同学校教育质量出现明显差异的时候,这种运行机制就会来协调:优秀的校长、教师会得到提拔、晋升,同时流动充实到退步的学校去,帮助提高教育教学质量和管理水平。为了保障群众的教育利益,我们不允许义务教育阶段学校有残酷的、优胜劣汰的竞争,而是创造有效的体制和机制,保持学校间动态的平衡,同时又通过这种体制和机制保证内部的激励和竞争氛围。

记者: 下一步准备采取什么措施继续促进全省义务教育的均衡发展?

陈贤忠: 从全省来说,我们的指导思想和思路是,坚持以农村为重点,加快推进薄弱学校建设和义务教育均衡发展。2006年,我们将继续有计划地培养薄弱学校校长和教师队伍,在硬件上也要向薄弱学校倾斜。

另一方面,我们还要积极推进城区内义务教育的均衡化,如集中城区有限的经费,重点投向郊区条件比较差的学校、抽调部分机关干部和优秀校长充实薄弱学校领导班子、将示范高中录取计划按比例直接下划到初中等等。

《安徽日报》2005 年 12 月 30 日

九年一贯制利弊说

从 20 世纪 90 年代开始，我国出现了大量的九年一贯制学校，这与当时我国九年义务教育国策的实施有关。在上海，还有许多背景。首先是取消了小学升初中的入学考试，第二就是中小学"六三"分段向"五四"分段的学制变化。

创办九年一贯制学校，有许多良好的愿望。一是可以节省小学升初中的毕业考(升学考)指导，减轻学生的负担，同时由于教材体系的变化，许多原本属于中学的教学内容要下放到小学去，因而从教学管理的角度上来说会方便一些。

多年来教育部门不断研究九年一贯制的优劣，但总感觉到这已成了惯例，而没有多少新意的话可说。然而在教育基层单位(学校)，校长们常会碰到因九年一贯制而造成的问题，显得无奈，因此有必要对九年一贯制的优劣作一番深入的思考。

1. 九年一贯制学校必须对学生进行重新划段。九年一贯制学校内部的分段是教学管理上一项严肃的问题。因为从小学一年级到初中三年级包含了学生生理、心理发展的好几个阶段，不同的学生应处在不同的"阶段"中。从教师调配的角度来说，九年这样的跨度太大，教师应将某些学段作为重点，研究这些学段的学生。我们可以根据学生的年龄分作四段，即 1～2 年级、3～5 年级、6～

7年级、8～9年级。前两段分别称为小学低年级和高年级,后两段分别称为中学低年级和高年级。这样分段,有利于学校资源的分配,也有利于教师的调配,还有利于同段学生之间的互动。

2. 九年一贯制学校充分利用了学校的教学设施和设备,例如一块300米的田径场,如果中学小学各建一块就显得使用效益不高;而中小学合用,那么30个班左右的九年一贯制学校只要建一块就足够;电脑房、图书馆等办学条件也一样。

3. 九年一贯制学校可以在教师业务的交流中提高业务水平,初中阶段的教师可以学到小学教师在培养学生学习习惯上的做法;小学教师可以在对教材的理解深度上向初中教师学习,同时可以产生师资流动,更有利于提高小学的教学质量而为初中打好基础。

4. 九年一贯制学校中,学生之间的混龄交往能促进学生自理自立能力的提高。大大小小的孩子经常在一起玩耍,或有机会生活在一起,很自然就形成了兄弟姐妹的关系,年龄大的孩子会处处以哥哥姐姐的身份要求自己,逐渐忘掉在家时接受帮助的特殊地位,小的孩子会用感激的态度去服从大哥大姐的要求,大孩子也不会像父母一样得去包办。

当然,九年一贯制学校的十多年实践,也显露出当时人们所没有预料到的一些情况。而我看来,任何新生事物,总有利弊同在的现象,关键是怎样充分发扬长处,克服弊端。我相信,这样做,九年一贯制学校会越办越好。

链接:

九年一贯制学校教师管理劣势

1. 思维定势对教师管理的影响

九年一贯制学校大多由原中小学合并而成,即使是新建的九年一贯制学校,其教师也基本由原来的中小学教师组成。一贯制后,原中小学老师变成了九年一贯制学校的老师,原中小学领导变成了九年一贯制学校的领导。虽然各人的"外在角色"一下子转换了,但面对同样的话题,尤其是面对工作量的轻重、工作难度的大小、教育质量的高低等比较敏感的话题,"中小学老师"的意见常会有较大的分歧。

　　2. 考核标准对教师管理的影响

　　小学与初中都属于九年义务教育阶段,有着不少共同点。不过,事实上中小学之间还是存在着较大的差异。相对而言,小学在整体推进素质教育方面,要比初中放得开些;初中由于受"升学率"的影响较大,学科成绩在考核中的份量相对重些。一贯制后,这种不同依然存在。这样,作为九年一贯制学校,很难用比较统一的尺子来衡量老师的教学工作情况。而尺子不统一,也会给教师的管理工作带来不少麻烦。

　　3. 人事编制对教师管理的影响

　　原先,中小学各自的编制情况各不相同。"一贯制"后还是中小学分开核编。从目前情况看,小学超编的情况比较普遍,而中学缺编的情况比较普遍。九年一贯制虽然为中小学老师的统盘使用创造了条件,但事实上真正实施起来还有不少难度。

　　4. 经济待遇对教师管理的影响

　　"一贯制"前,原中小学之间经济待遇的差异是客观存在的。一贯制后怎么办? 这是老师们普遍关心的问题。"奖金靠高不靠低"、"待遇能涨不能降",这在老师的心目中早已成了共识,有些标准明文规定中小学有差异。如班主任费的发放,小学标准低些,中学标准高些。中小学"一贯制"了,这种差异该不该继续下去? 至于中小学工资标准的不同同样也会带来这样那样的问题,这些问题处理不当同样会影响到教师工作的积极性。

5. 学校规模对教师管理的影响

九年一贯制使学校规模扩大了。一贯制后,"中小学老师"分散在十几个甚至几十个办公室里。如何才能确保及时掌握教师中的各种动态,实施高效的教师管理? 这同样是管理者不得不面对的一个新课题。

6. 领导素质对教师管理的影响

由于九年一贯制学校的领导大都是原中、小学的领导,因而大家对"九年一贯制"办学体制下的教师管理缺乏必要的经验储备。原先小学的领导对中学教学不了解,对"中学老师"不熟悉;原先中学的领导则对小学教学不了解,对"小学老师"也不熟悉。这些素质的缺陷,很容易导致管理者在教师管理中缺乏必要的权威性。

《中国教育现代化》2004 年 2 月

让进修成为教师的需求

终身教育的思想已经深入人心,面对知识爆炸的时代,如果没有继续教育,那么教师的教学能力将会大大削弱。

上海从 20 世纪 90 年代初开始加强对教师的继续教育,市教委作出规定,对教师每 5 年完成一个周期的继续教育。初、中级教师要学满 240 个学时,高级教师要学满 540 个学时,后来被大家简称为"240 进修"。

"240 进修"作为一项给已走上教育岗位的教师不断补充营养、使教学生命之树常青的措施,是一件好事。

但是许多教师对这件事没有引起高度的重视,差不多没有人把它当作是自已的需要,而是把它看成是项任务。旷课者为数不少,上课不记笔记,不认真听讲是"240 培训班"上习以为常的事。

政府主管部门为了推进这一项工作,就把"240"纳入对教师的评价体系,比如"240"没有达标的教师不能晋升职称等等便是。

这一件好事,参与的各个方面却有不同的想法。

首先是教师。教师们对"240 培训"不以为然,认为有些课程开得质量不高,尤其是培训部门的上课教师,大多为无教育实践经验的教师,且不说语言不够生动,就是基本的驾驭课堂的能力也处在一般水平，很难成为"教师们"的教师。

其次，"240进修"严重干扰正常教学秩序。一位教师每周五天上班，这其中还包括学校组织的业务学习以及教育局召开的各种会议；班主任还要走访学生；此外还有校内校外的教学研究活动。一次"240进修"，少则占用半天，多则占用一天。要将每周25%左右的时间花在"240进修"上，使教师们苦不堪言。

教务处的排课经常将参加教师的"240"作为排课的首要条件，课务的分布很乱，经常出现一个教师因为要参加"240"而一天上6节课的现象。一个百来人的学校参加"240进修"的人员每学期有十几位，课表排列不科学，混乱的情况是可想而知的。

由于教师的不重视，再加上工学矛盾突出，培训部门不得不采取一些考核措施。据我所知，"240"上课只记考勤，不做作业，即使有作业，也是作为一种形式，因为上课者（教师）深刻了解在第一线的教师工作辛苦，再加上听课教师本来就怨声载道，教学效果是不会太理想的。

第三，还有经费支出方面的矛盾，现在的"240进修"都让学校交学费，每人少则上百，多则上千，车费、午餐补贴更不在少数。

一项出发点和愿望都十分美好的"240培训"，目前正在演变为一种多方折腾的形式，没有兴趣、没有质量，劳神劳力、劳民伤财，真不知如何是好。

依我看，学校的工作重点要放在课堂教学上，让教师保证有足够的时间和精力去从事教学，研究教学中出现的问题；减少干扰、减少奔波，减少那些看似重要而已演变成形式的进修。

上海师大、华东师大对在职研究生的培养方式倒是不妨可以作些借鉴。这种培训方式充分利用教师的节假日时间，将大部分课程安排在寒假、暑假及双休日，提高了质量，更减少了工学矛盾。

教育行政部门要做好对教师资格证的年度性审证。让教师把进修看成是让教师成为一个名副其实的教师的一项内在需求,同时适当减少进修的课时,多方面开放各类课程,就这样而言,其效果要比零打碎敲的进修好得多。

根据我的统计,"240"即240个教时,如每次半天进修安排4个教时,那也只需要每位教师60个半天,在5年内完成,即每年12个半天,对一个教师来说,每年只需要集中进修6天即可。

我们可以再拓展一点思路,在一定的年限里对教师进行脱产轮训,那就更好。如果有可能的话,一个教师工作了3—4年之后,得到一次为期半年的脱产轮训,这样的轮训效果好,轮训成本也不会太高。公务员和教授们可以带薪休假,那么教师们实行带薪学习、带薪进修,又有什么不好呢?

更重要的是,教师专业成长是在具体的教育、教学情境中发生的,因此教师的进修也不应该远离课堂。目前,进修学院已经意识到这一点,他们现在的授课人员也有了改变,不再是研训员的一言堂。一线优秀教师开始走上讲台,与参与培训的教师分享他们的经验。这是非常可喜的。但是,依然是"叙事"中的分享。如果能有"跟踪式"循环反复的听课、评课,教师的收获可能更大些,我们的培训也更有针对些。

链接一:

使学校成为教研活动的主阵地

教学研究有许多类型和不同目的。但以校为本的教学研究,强调研究的主题来自学校、来自教学现场,强调为学生成长、教师专业提高及学校发展服务。只要带着研究的眼光,每所学校、每个教师都有自己的课题。通过问题的研究和解决,学校的自觉发展和提高就可能实现,从而使每所学校、每个教师富有特色和个性。

同时,对于教学研究专业人员而言,学校也是他们专业发展的基地。现实的、有价值的教学研究,离不开沸腾的学校教学实践。要通过制度化的规定,使教学研究专业人员能够积极参与到教学第一线的研究中去。

强调以校为本的教研制度才能够充分发挥教师、学校的自主性,才能有效调动各方面积极性,为教师和学校的发展服务。

《人民教育》2003 年 5 月

链接二:

教师进修调查报告

一、调查方法:问卷抽样调查法

二、调查时间:2006 年 5 月 10 日

三、调查对象:某城市初级中学 60 位教师

四、调查专业:语文、数学、外语、物理、化学、生物、地理、信息技术

五、调查限制:"进修"专指区进修学院的"240 培训"

六、回收情况:共发放问卷 60 份,回收 52 份,其中有效问卷 50 份,男 22 份,女 28 份。

七、调查结果:

1. 被调查者三分之二是教龄在 6～15 年的中青年教师,他们是学校的中坚力量。

2. 进修情况如下:

教　　龄	新教师	2～5 年	6～10 年	10～15 年	16 年以上
人　　数	2	5	15	25	3
进修出席率	100%	100%	100%	100%	95%
自愿参加率	80%	75%	60%	30%	2%
进修满意率	10%	22%	30%	38%	6%

3. 教师自愿参加进修的比率随教龄的增长而降低。从开放式问卷中发现，造成教师不愿进修的原因有：对工作没有实际帮助、学校日常工作忙、考试压力大、没时间、没兴趣、比较懒等。有一位老师写道：本来想学点东西对教学有帮助，可是，上课老师讲的都是空洞的理论。有的理论我们已在学校请的专家报告中听过了，校长也在大会上讲过了，可那些老师还在重复。

4. 进修的满意率不超过 40%，呈现出两头小，中间大的趋势。

对新教师，他们刚从大学出来，对进修抱着很高期望，希望能解决他们教学中的困惑，但讲课教师传授的经验只能隔靴搔痒。再者，讲课教师的案例不如大学老师的系统、生动，理论没有大学老师的前卫、高深，这也使新教师产生失望之感。

教龄 16 年以上的教师，基本都是中学高级教师，职称到顶了，事业上没有诸如职称之类的立竿见影的目标。此时的身体状况也不是最好，这些教师容易产生惰性，因此，对进修不感兴趣，又怎么谈得上满意呢？

教龄在 6～15 年的教师，正处于职业生涯的中期，虽然他们参加进修的自愿程度没有新教师高，但只要去进修，他们还是想学点新知识的。因此，他们的满意率比较高。总体感觉依然是"萝卜炒萝卜"，虽然味道有所改变，但还是变不出人参。

外界看来中小学教师的工作很轻闲，又有两个假期，其实现在做教师挺累的，有时候累得什么都不想干，就想睡觉。其实教师也想进修,但他们希望的是有效的进修。他们也想安静地学点最新的知识,但一颗心早已被学生、领导、工作搅得很乱,根本静不下心来,再加上家庭、孩子,真正坐下来学习的时间是少之又少。

从调查来看,我们的中小学教师仍在坚持进修,不管内心是自愿的还是被迫的。

第二章

大浪淘沙出名师

叶公问政。

子曰："近者说,远者来。"

——《论语·子路》

大浪淘沙出名师

"应对"是个新名词

年底一到,照例要参加各种总结性的会议,教育系统的年终会议与其他局行的会议就是不一样,时间开得最长,笔记记得最多,包里边往回带的都是书籍、资料和文件,没有红包也没有新年的礼品。不过校长都习惯了这一切。

倒是这几年年终会议给我许多压力,那就是局里发一份全年度各部门各项活动各个学校的得奖情况,前前后后 20 多页,共 60 多项评奖活动,一千多个获奖个人和集体。这还不算,在以此类表彰文件为主要内容的综合表彰会议上,主持者还会公布没上名册的表扬名单林林总总、不下百项(还没有包括语、数、化、物、英等学科竞赛的获奖结果)。整个表彰会前前后后共三个小时,可谓名目繁多、成果累累。台上领导总结得面面俱到,台下校长听得心里砰砰直跳。

现在做校长真累。

现在市里为了减轻学校升学压力已经出台许多法规,如降低了中考和高考的难度,又如将综合评价纳入升学依据,尤其是不许排队一项,给校长松了绑,终于能摆脱一点升学率的压力,搞一些自己的特色了。

各个学校各有各的个性,各自想努力地做一些有自己个性方面的事，然而一次综合表彰，将校长们搞得云里雾里，林林总总的活动、项目、竞赛，我们的定位究竟应在何处？

回到学校，领导班子进行了讨论，认真反省今年工作的不足之处。大家形成了一致看法，针对区里各项上榜的竞赛内容，学校指定各类竞赛负责人，然后进行专题训练，对症下药、对号入座，领导要什么，我们就搞什么，明年非打一个翻身仗不可！

对此我想到一个问题，学校的办学目标是什么？虽然对于过惯了计划经济生活的我们来说，让学校办出特色常常是口头说得多，实际做得少的事，但各校总有三言两语的对办学特色的论述，或全面发展，或人文特长，或科技创新，或提高学生的艺术涵养。不管是什么样的办学目标，都不会面面俱到，也不一定全方位发展，因而也很难成果累累。

可现实呢，领导部门开展如此之多的活动，又进行如此频繁的竞赛，又实施如此完整的综合表彰，又很惹人地将此数据为评价学校的重要依据，哪个校长敢不去重视！

从一个区域来说，领导们希望各个学校分别（这里的分别不能统一）去做一点这类竞赛的准备工作，这也不能求全责备，也许领导们也有来自市里的这类综合表彰。否则对一个区域来说怎么说是全面推进"素质教育"呢？

真可谓"上有政策，下有对策"，于是学校的工作计划和要求中出现了一个新名字，叫作"应对"。所谓"应对"者，就是上级要什么，我们做什么。"应"者为"接应"，从上到下进行传达，贯彻实施即是，至于贯彻实施的意义是什么，大家不会去做太多的深入讲究，只要出成绩，榜上有名即可，这叫做把"功夫"花在刀刃上；"对"者为"对接"，也可以理解为"对付"，对付的目的是得个参与奖，年终奖励名册上上个名，免得今后吃个"鸭蛋"落个"批评"。

"应对"是不是一项基层学校的工作策略？是不是做好了这两

点,成绩就有? 批评就不受? 很难确定,但无奈之中也只好这样做了。

　　细细想想,这种做法是错的,这"应对"之法实在是"捣浆糊"的做法,成熟的校长和成功的学校应该围绕着自己的办学目标,走自己的路,做自己的事!

学生终身留恋的地方

人的一生是短暂的，就目前而言，人均寿命也不过 80 岁左右。每个人的前 25 年属成长发育期，大多在学校度过，它大约占了人生的三分之一时间。

过去人们常把个人的读书生涯称为十年寒窗（用现在的教育制度来说，是 20 年寒窗），说的是学校生活的清苦，读书生涯的艰辛，前人也以此鼓励学生刻苦勤读。一代又一代的人总是怀着一种"吃得苦中苦，方为人上人"的哲学，去完成这十几年的读书生涯。

其实，这种想法和做法都缺乏对人的人性关怀。试想想，如果学习能力的提高是为了发展个性，以适应未来的社会，从而提高整体人群的生活质量，那么这种要以降低青少年时代的生活质量作为代价的苦读生涯，是否违背了人们对读书的本来意愿？因此我们不应该给予赞同。

追求人的和谐发展，不单单是教育的责任，更是大自然对于人类各行各业的要求。学校，作为一个人三分之一生命的驻扎地，如果不能给予学生人性的关怀，而只是使他们悲伤、忧愁和痛苦地挣扎，那么这样的学校是不人道的。

所以我说，现代学校应该成为学生终身留恋的地方。

所谓终身留恋，那就是当一个人到了 30 岁、40 岁，乃至到了老年阶段，回忆起他的一生的时候，总是想到他就读过的那个学校。因为在那个学校里有他（她）们的欢乐，那个学校曾经开展过许多让他（她）们成长、而且有意义的活动，那个学校为他和他或者她留下过值得回忆的故事。那里有师生之间的真情厚义，那里有同学们的欢声笑语。几十年之后，学生依然对发生在那学校里的事留恋不已，对那个学校里的人深深怀念。

如果我们对教育质量作一次界定的话，那么每一个毕业于这个学校的学生对这个学校的喜欢、留恋程度就是这个学校的教育质量！

反之，如果一个学校只能让人回忆起当年如何起早摸黑，如何刻苦读书，乃至读得晕头转向，如何经常被老师批评等等，那么，这就不是一所好的学校，它的质量是低下的！

学校的领导与教师，经常需要回答家长"这个学校的教学质量好不好"这样的问题。其实这是很难直接回答的问题，如果一定要回答，那就可以告诉他，请你去询问已经毕业的那些考上重点高中和没有考上重点高中的学生，那些考上大学和没有考上大学的学生，只有他们的回答才是准确的。

学校是培养学生的地方，学校更应该是学生喜欢和留恋的地方。

链接一：

家长逼着校长开晚自习，学校只得减少文体活动

"一中为什么不搞晚自习？大家都搞了！"家长们屡次提出上晚自习的要求，让南京一中的吴晓茅校长感到很无奈。学校在坚持不开晚自习的情况下不得不调整了高三的活动时间，以缓解应

试与素质培养的矛盾。

南京一中的老师们普遍认为,要根据学生的实际情况因材施教,一中学生的学习能力较强、有较好的学习基础,应该多给他们时间展开个性化的学习,这样会提高得更快。一中因此坚持不开晚自习,给学生留下自主学习的时间,但中午和放学后的一小时,学生可向老师请教问题,解决自己碰到的困难。

吴晓茅校长认为,这样做不仅学生的学习提高得较快,也有时间发展自己的爱好。学校的目标是培养素质全面、特长显著的学生,因此丰富的校园德育活动贯穿在每个年级中,还根据学生的特点分为三个层次,一是所有人都可以参加的,二是有特长的学生参加的,第三层次就是有专业水准的交响乐团或是球队。

但活动开展多了家长也有意见,认为虽然学校的想法是对的,但进不了好大学就是白搭。面对家长的压力,学校只好对高三学生的活动安排进行了调整,除校级的运动会、艺术节要参与外,各班之间的篮球、乒乓球、羽毛球比赛以及文艺活动都取消了。

《现代快报》2005 年 12 月 26 日

链接二:

人生是个美好的过程

我们仍然应当像著名教育家陶行知先生主张的那样:解放孩子们的手,让他们尽情地去玩;解放孩子们的脚,让他们到处去跑;解放孩子们的脑,让他们自由地去想;解放孩子们的嘴,让他们随意地去唱去说;还孩子们一个愉快幸福的童年,发展他们的天性,培养他们乐观的生活信念,这比什么都好。

我们的家长应当让孩子们明白这样一个道理：人生是一个美好的过程，既要学会赢，也要输得起，而且能在输赢之间造就成功的人生。

《一个记者的教育视野》苏军

素质教育的三个层面

　　素质教育是人们对教育的一种理想追求，就好比人类要追求人的"完善"，追求人的"全面发展"，共产党人要追求"共产主义"一样。就目前中国的教育状态而言，这是一个被理想化了的目标。

　　实施素质教育便是对这个目标追求的过程，是一个漫长的过程，它不可能一蹴而就，不可能经过一段时间的努力后就使教育达到了"素质教育"的境界。在这个过程中会出现反复，乃至旧思想的回潮，因此搞素质教育"性急吃不了热粥"。

　　落实素质教育是一项社会性的工作，从理论上来说，社会的各个阶层都有它的义务和责任。就主管教育的政府而言，应该营造全社会的素质教育氛围，给予素质教育经济和政治上的支持；就教育系统内部而言，主要是搭建素质教育的平台，具体地说，就是为教师创造素质教育的舞台，为学生提供开展素质教育的时间和空间；就教师而言，就是按照社会对人的要求，按照人的自身发展要求，以自己的课堂、学科为阵地开展素质教育的各项活动。

　　实施素质教育，说说容易做做难！

　　政府层面上，领导们常常在本区域内要求各校均衡、全面发展，但在与外区的教育政绩作比较的时候，许多分管区长却无法超脱，同样会把各区县的各类成绩翻得个滚瓜烂熟，如果成绩排名好了,就喜形于色,这样的领导大有人在。

学校层面上,真正要实现素质教育,对校长来说,是需要一点"政治"勇气的。我已经多次发现某政府将该乡镇的校长撤职并调换,个中原因就是"教育质量下跌"。再细问一下,就是"升学率"不高。因此,能有几个校长"顶风而上",真正实行"素质教育"的。就算几个有眼光的、有胆略的校长搞出一些"素质教育"的样子,但能有几个校长是表面上不看重分数而心里总是十分紧张,拉着一根"考分"的弦? 于是就出现了会上介绍一套,实际做法另一套的校长。

在教师这里,上有学校压力,下有家长顶住,无论如何是要把考试成绩放在首位的。家长看中的是主课,于是主课教师就"吃香",压力也就更大。离期中考试时间还有一段时间,教师们就要校长停开活动类课程,集中精力迎接考试,诸如此类的现象比比皆是。

因此,只有每个执行层面各司其职,才能真正落实素质教育,如果上面两级(政府和学校)都真正实施素质教育,营造起素质教育的氛围,那么教师在操作层面上就可以按照下列办法去做:

记住下面的话:请你(教师)回忆一下你自己的学习(从小学到大学)、生活(从懂事到成家立业)、工作(从大学毕业到现时的工作),再对照一下现在你所教的课程、所用的教材,你认为哪些是对学生今后的学习、生活、工作有用的,有意义的东西,就是人所应该具备的素质,这些就是"素质"教育的内容,不管它考也好,不考也好,都要把它教下去!

链接:

素质教育的核心问题

素质教育的首要任务是教会学生怎样做人,而怎样做人是人的综合素质系统的全面显示。按照系统论的观点,可将人的素质结构分为三个层次：

第一层是现代社会生活方面的素质，它的范围最广，包括的要素最多，包括人从事一切社会活动所必备的，能为现代社会的规章、规则、习俗等所认同的各方面的素质，如现代人的生活节奏、卫生习惯、思维方式、身体素质、社会成员间自觉养成的高度的组织性、纪律性、规范性等方面的状况与水平。

第二层是文化智力素质，它是指一个人的科学文化知识和智力状况，在教育、科学、技术、文化等方面所达到的素养、水平及其发挥、应用的能力与程度。

第三层是思想政治道德素质，它包括的要素也很多，主要是指一个人的思想、政治、道德、理想、信念等，也就是我们平常所说的"三观"，即世界观、人生观和价值观。

这三个层次的各种素质要素，都是现代人素质系统的必备要素，一个拥有高素质的现代人就是这三个层次的一切要素互相渗透、互相作用而形成的综合水平与状况的体现。

教书"万万年"

在学校这个范围内,当教师是"长期工",做干部是"临时工"。

这个命题并不是贬低教育管理在学校工作中的作用,也丝毫没有看不起学校各级行政干部的意思。我的意思是,一个教师教得成功、出了成绩,常常会被选拔到教育管理的某一个岗位上去,因为这些岗位,不但需要他有敬业精神,还需要教师的教学能力强。

有的同志,担任了学校一定岗位的领导之后,就不再研究教学第一线的工作,不再去研究学生,做起"干部"来了。今天听汇报,明天做传达,后天给老师布置几点工作。几年以后,他已经不知道现在的课堂里到底有多少变化;现在的学生与几年前的学生有些什么差异,课程的设置、教材的使用与学生的实际有多少相关和吻合。

这还不算严重,严重的是从此与教师没有共同语言。忽然有一天,教师们要"炒"他的"鱿鱼",或者哪个上级领导看不上眼,这时候他才知道在学校做一个管理干部只是个"临时工"。

我认为,作为学校各级岗位的干部,首先应该是一个教师。他们从第一线来,就绝不能改变本色,先要把书教好,这是做干部的基本功。这样做的话,一定有人认为,干部上课时间紧张,来不及处理事务。也有人为了有意表现一点自己的管理水平和能力,把学校里的一点小事研究来研究去的。其实学校管理中的一些问题,不要执意地把它看成为问题,有些问题随着时间的推移,它会自行消失,或者也会迎刃而解。如果我们的干部有了这种意识,学校的会议就少,领导干部研究教学的时间就多。一位领导余下时间来,多上一些课,多研究一些教学上的问题,这才是真正走上了管理岗位的学科骨干所应该做的一件大事。

如果说师德的第一要素是看教师是否钻研教学、教育,那么干部的德性也应该体现在这一点上,否则,他的工作就没有根基、没有威信。

如果一个教学骨干因为担任了教学管理工作之后,把"书"丢了,那可以说,他差不多已经丢了他的"饭碗"。

链 接:

好校长必须是个好教师

从我短短几年间职务连连升迁的过程中,可以看出一个好校长首先必须是一个好教师,而且要具备扎实的教学基本功和教学管理能力。

教学业务功底深厚不只是学科教学知识的丰富,而在于学科知识的不断更新、学科教学能力的不断提高、学科教学经验的不断反思和学科教学研究的不断深入,其中最为关键的是把握学科教学规律,而且教学规律的运用着眼于学生将来的发展、着眼于时代发展的需要。只有如此,才能真正提高教学质量。

教学业务功底的深厚是做好校长的一种准备。

如果一名好教师对学科教学的执著探索精神与感悟只局限在本学科的发展上,他只能成为一名好教师。如果一名好教师能较好地将自身学科教学的探索与感悟,迁移到其他学科教学的管理上,并努力探索对其他学科的普适性与特适性结合的教学策略,就有了推进整个学校教学改革的底蕴,但不一定成为一名好校长,充其量只能当好一名主管教学的副校长。如果他既能将自身对学科教学的探索与感悟迁移到对整个教学的管理,又能将这种感悟与先进的教育思想融合,去思考学校各个领域的管理方略,并将时代发展、学生发展、教师发展和学校发展的需要合为一体,他就有可能成为一名好校长。

《终生的准备与超越》唐盛昌

有偿家教的新解

其实有偿家教已是一种社会现象，按照"存在就是合理"的说法，有偿家教也有其合理的一面。

一方面家庭需要教育投资，而学校又缺乏个性化的教学，大一统的课堂教学对每一个孩子来说都是不合适的。又因为大部分学生无法找到一个学习的补充，找一个家庭教师就成了家长提高子女学习质量的一种必然选择。

第二方面教师需要发挥自己的社会作用，是否可以这样说，教师是一种社会资源，这种资源应该充分利用，否则还是一种浪费。

第三，根据经济社会的交换法则，请家教者付出酬金，做家教者收入酬金，两厢情愿，符合公平原则。于社会有利、于学生有益、于教师有钱，又有什么错呢？

虽然，社会上确有一些教师，做了家教不负责任，拉学生来参与，骗家长来自投家教之罗网。但这毕竟是少数教师，不能因为这些不负责任的教师，家教就不能有偿，有偿家教就不能做。

八小时之后，民工们无事可做去打麻将，来消遣时光；老板们无事可做去休闲，去歌厅、舞场，来放松自己。做教师的去打麻将显得与教师身份不合，去休闲场所又显得钱包不鼓，那么，去做几场家教，乐在其中，获利也在其中，又有什么错呢？

家教教师的教学质量所受到的监督，远比在学校受到的监督强。家长的钱是不会乱花的，由此逼着做家教的教师去钻研教法、去了解学生、去顾及教学效果，这其实是一种社会监督，这种监督或许还能为教师八小时之内的教学工作带来许多益处。

　　上周末，有位骨干教师约我去踏青郊游，我知道他的家教"生意红火"，只是大家心照不宣而已。我问，你这么忙，怎有如此空闲？他直言告诉我，想穿了，不做家教了！他告诉我这句话的含义是：改邪归正了。其实那事情无所谓"邪""正"之分，只是我想哪一天教师的工资大幅度提升，他们也可以带着鼓鼓的钱包与老板们一样地去休闲，恐怕在有偿家教上折腾的人会越来越少，到时候哪个家庭要请家教恐怕还请不到呢。

链接一：

有偿家教　挡不住的诱惑

　　法律界一位人士认为，《教师法》所列教师义务没有包括不得参加校外教育活动一项，而《劳动法》也没有限制和禁止兼职。有偿家教反映了一种更广泛的、多样化的教育需求，而资源的流动与市场化配置已为人们广泛接受。

《时代潮》2004 年　第九期

链接二：

有偿家教姓"家"

　　我并不是想说有偿家教与教育工作者无关。金无足赤，人无完人，教师也一样。确实有一些教师从事着家教，也确实有少数教师以盈利为目的进行着有偿家教。我也不是想说有偿家教与教育行政无关，与政府无关。但是，政府必须依法行政，教育行政部门也必须在政府的领导下依法行政。没有法律支持的行为不可能是"依法治教"的行为。我也不是想说有偿家教与学生无关。在激烈的升学竞争漩涡中，学生也绝不会在考试升学的问题上无动于衷。但是，市场决定着经济的发展与衰败，市场也决定着家教，特别是有偿家教的兴盛与衰落。

有家长在接受《扬子晚报》记者调查的时候，"建议取消南京所有小学(可能是'学校'，否则是难以说通的)以外的课外培训和辅导"。但是，在这个问题上，任何人和单位都"心有余而力不足"。一是没有政策的依据，二是没有"取消"的权利。而且，在升学竞争还这样激烈、高考制度还没有实质性改变、全省其他城市还没有"取消所有学校以外的培训和辅导"的时候，南京市如果"取消"了所有的培训与辅导，您真的赞成吗，尊敬的家长？

刘永和(作者系南京市教育科学研究所所长)

查一下有否"南郭"

最近,郊区的一位同事告诉我一则教育系统内的新闻,说是某区新上任了一位分管教育教学的副局长,上任伊始就烧了一把大火,组织了对全区 35 岁以下青年教师的学科考试,某些学科还直接移用当年的高考试卷,并严密组织阅卷,分数予以公开,得高分者给予奖励,并在相关的师资梯队培养中作为重要依据。

考试一结束,全区教师哗然,产生两种截然不同的评价。

第一种从两个角度评论:①有人认为这类考教师的形式算不上创新,它缺少了对教师工作特殊性的认可。因为一位教师大学毕业,如不直接从事高中教学或高三教学,哪还能记得那么多,尤其是文科教师更是叫苦连天;②也有人认为这样做缺少对教师的人文关怀,教师的社会地位本来就不高,居然用考学生的试卷考教师,不但损坏了教师"传道授业"的形象,那些考砸了的教师,更是无颜见他的"学生"。这种做法,雷同于教师把学生当作"敌人"的考试,不应该做,也没有必要。

第二种看法认为,这种考一考教师,尤其是青年教师的做法很好,它的主要功能就在于让一些"南郭"出土见日光,让这些教师重新认识学生,重新认识自己,从而加强对个人的学习,加快教师个人的专业化发展。

我对这位局长的冒区内教师之大不韪的做法要大唱赞歌。

在目前的就业形势下，在目前教师队伍强调专业发展的前提下，这件事做得好、做得绝。我认为这是维护教师形象的一项有益举措。

长期以来，教师的形象在社会上是很好的，常常会被人看作智慧的象征、知识的化身。街头巷尾、农宅小区，老百姓凡有文化上的为难之事，总首先想到"找个老师问一问"。尽管教师也因学科不同而知识面有限，但总是以老师说了为准。其次，教师在学生的眼里也是一位崇高的"智慧"形象，连一年级小朋友回到家里，面对家长的辅导，凡有不尽理解处，总是说："我们老师不是这样说的。"

但是多少年来，知识无用的思潮，根深蒂固地影响着人们的思想，连做教师的也不例外。

先看看，以往这几年哪些学生上师范：

20世纪80年代，上师范大多以平民子弟、农民子弟为主，目的是为了省钱，因为师范生有国家的补贴；还为就业，抱着有个工作做做就不错了的思想上师范。

20世纪90年代大多以成绩中等者为主，因为那年代做教师很不吃香，许多优等生不去"搏"这一碗"教书饭"，于是师范成了中等水平学生的最佳选择，还以女孩子为主，因为女孩子求一个稳定的工作，而男孩子认为从师范毕业后的发展空间太小，不去报考，就算考进了，毕业后也不想去教书。

再看看，最近几年来的师范生的专业思想：许多学生一旦考上了师范，大多数都感到自己本不应该读师范，因而读了师范后最大的愿望是在毕业时考研，不希望从事教育工作。于是师范大学学生在学业上产生两极分化，一类学生为了深造，钻研考研；另一类学生，就等着毕业，混张文凭，以后走上岗位。

那些走上教育岗位后的师范生心态是怎样的呢？他们一上岗就常有几个想不到：

——想不到学校管得这样严！

——想不到教育学生这么烦！

——想不到中学教书知识要求如此低！有人甚至认为，我不读四年师范大学照样能教书。

因而大多师范生刚工作时就把自己的职业看得不高，于是一年两年地"过日子"，等到第五年升职称时就挤出几篇所谓的"论文"，尽量做出一点成绩，把教书作为一项任务，做一天和尚撞一天钟。

因此，目前的青年教师情况比前几年有更多不尽如人意之处：青年教师中认真钻研本学科发展趋向的教师，不多；经常读一点学科方面专著的教师，不多；静下心来写一点与自己工作有关和无关的文章的教师，不多，连语文教师都已经懒得动笔了。

教师差不多成了一个工厂的工人，每天上班站在机器旁重复着许多他们自己认为没有太多意义的动作。

难怪社会对教师的评价不是上扬，而是下抑。

这个区采取对教师进行学科考试的办法，给那些糊涂的青年教师敲了一次警钟，也给青年教师的个人发展指明了一条道路：教师的一桶水理论继续有用！教师的学科知识仍然是教学之本！这样的学科考核理应成为教育行政部门对教师考核的重要内容！既然，国家废除不了对学生的考试制度，那么对教师考一考的利也应该大于弊！

教师队伍，加强了考核，减少了"南郭"，提高了教师的学科知识和能力，才能从真正意义上维护教师的良好社会形象。

链接：

教师专业化的教育学科向度

教师职业具有"双专业性"，从理论上说，教师既应成为教学专家，又应成为教育专家，教学专家主要指向学生传授知识和智慧；教育专家主要指培养学生的品性和德行。

从教学专家的视角而言，教育学科的整合与构建重心应该是"教什么"和"如何教"两个部分。一个合格教师不仅要系统地掌握所教学科的基础理论和知识结构，而且还要有将其转化为教学知识和技能体系的能力；教师在进行知识教学之前，应该对每个学生的知识背景、认知风格、心理特点尽可能地了解，这是保证其教学有效性必不可少的前提。

《教育理论与实践》2003年第2期

请 讲 普 通 话

研究历史的学者们认为，秦始皇的："车同轨，语同文"是秦国统一中国的标志。在当时，道路问题、语言问题都不是一个标准化的问题，而是一个政治问题。

几千年之后的中国人对语言的政治敏感性再也没有那么强烈了，于是广州人习惯说粤语，并以会讲粤语为荣；上海人习惯说上海话，并以会讲上海话为傲。大凡从小地方踏入大城市的人都有一种感觉，那就是：不会讲当地官方话语的都一概称之为"外地人"，而"外地人"的称呼又常常与"愚昧"、"落后"、"贫穷"等联系在一起。

改革开放，上海作为一个国际性大都市，吸引了数以万计的外地人——有科学家，有企业家，也有民工。由此而产生上海学校生源的暴涨，使上海的教师成"荒"，据相关统计，这五六年来，上海每年吸收外地教师2 000～3 000人，使教师队伍中的外地人口比例不断上涨。

外地教师的加盟是一件好事，在不同的地域文化背景下，有着不同生活、工作经历的人走到一起，各种思想产生冲撞，多元的文化进一步促进了新一代上海教师优良素质的形成，促进了上海教育的发展。

但是外地教师一到上海，在与上海教师共同工作、共同生活的时候常产生许多尴尬，如：学校的各种会议，时不时有上海教师插入几句上海话，弄得刚来上海的外地教师"丈二和尚摸不着头脑"；再如，在处理学生思想问题的工作中，上海学生以沪语对答，搞得师生无法对话；更有甚者，一位老师批评学生，学生心中不满，用上海话"骂"了一句，所听的学生哈哈大笑，老师则一头雾水。于是来自外地的教师得出一个结论：上海人欺负外地人。本来就因水土不服、工作不习惯而饭菜不香，再加上这种感觉，于是有苦无处诉者比比皆是，影响了团结，也影响了工作质量。

　　其实类似外地来沪教师的尴尬，在学生中也有发生。因为近年来原籍外地的新上海学生的比例也在不断提高。

　　如何解决这一问题，应成为教育管理上的一个重要议题。

　　推进"请讲普通话"主题活动是一个很好的办法。

　　以往我们总是把推普工作看成是学校的一项语言工作，其实从目前的意义来说，它是一项具有政治意义的工作，它告诫每位教师要互相尊重、互相学习，因为我们同是"中国人"，都"来自五湖四海"，"为了一个共同的革命目标，走到一起来了"。（毛泽东）为了教育，为了上海的教育，团结是学校的一项具有政治意义的任务。

　　其实，任何一个城市，如果有排外思想，那是不利于发展的。各个地方都有各自的文化精华，有各类人才精英。上海的教育虽自称为先进，但如果就此而力求将外地教师的教育思想、教育习惯一概"改造"的话，那是十分不恰当的。上海教育的希望就存在于这多元教育文化所碰撞而产生的火花之中。可谓"海纳百川，兼收并蓄。"

　　学校的领导，你是否在学校的每一分钟都习惯用普通话与人交流，让每一位来自外地的教师、学生感到如家一般的温暖呢？

　　家长们，你是否能做到不要老是用上海话来与老师们对话，免得双方之间的沟通反而成为感情上的隔阂呢?

　　学生们,你是否在学校的任何时候都讲普通话,为学生之间的团结,为师生之间的团结营造一个良好的语言氛围,献出自己的一点微薄之力呢?

　　"请讲普通话"不仅是个语言问题,而且是一个政治问题。

大浪淘沙出名师

　　教育是千秋万代的大业,需要一代又一代的忠诚于教育的人为之激发热情,为之奉献毕生的精力。时代推移,大浪淘沙,每个时代都会涌现出一批名师、名校长。

　　三十多年前的"文化大革命"差不多误了两代人:第一代人没有机会读大学,于是工农兵跳上舞台,在教育这块园地里指手画脚,弄得教育斯文扫地,教"苑"荒芜;第二代人受这批人的教育,又戴上了考试至上、分数第一的紧箍咒,于是教育成了不熟练的炊事工炒知识的冷饭。两代人中虽也有出类拔萃者,但总是为数寥寥。

　　政府部门开始着急了,社会开始关注了,教育到底缺什么,便有专家提出:缺一代名师、缺一代名校长。

　　我们的思维就是这样简单的"逻辑"。既然缺少,就加紧培养,尽快造就一批名师、名校长。于是市里开始培养名师、名校长,给这些后备人选以荣誉、条件、机会以及名师(名校长)后备人选的头衔,还指定了一系列的培养计划,诸如:开发双语能力、国际视野、科研水平等方面的课程,使其尽快成长,尽早成为主宰当今基础教育的中流砥柱。并要求各级政府依样办理,于是区级名师、名校长梯队也应风而上。

政府领导和专家们的着急是有根据的，这样做也是会有一定好处的。我并不反对名师、名校长的培养，尤其在形成一定的培养氛围、制造一些舆论方面有着许多作用，这虽有着中国人大搞形式主义的烙印，但总有广种薄收的效益。

只不过我总有一种想法：名师和名校长是靠形式而成就的吗？是靠市里规定的几门课程培养，就能成功的吗？

名师和名校长是靠个人的刻苦钻研、勤奋实践造就的。从人的发展角度来说，名师，或名校长的成就是要走过一条漫长的途径的，这个途径就是教育和教育管理上的实践。经过自己长时间的"跌打滚爬"而磨炼出来的。

如果一个名师、名校长梯队加入者将这一称号当作自己的工作总结或是荣誉嘉奖，是否会在今后的工作中就碰不到钉子（困难），解决问题就会如解乱麻，就不必再去认真思考问题的来龙去脉和寻找解决问题的方式手段呢？假如一些所谓的以"名"为荣的教师和校长，就此认为达到了工作的目标，那问题就更大了。

据我的观察，中国当代的名师、名校长均不是先以"名"为名，然后得到培养而成长起来的。都是在默默无闻的岗位上做出了成绩，加以总结和挖掘才出现的。如果先以"名人"的框架套上去，再作个人的内涵填补，那肯定是无土栽培的工厂化蔬菜，一定无根无基，缺少实实在在的养料。不信，你看斯霞、吕型伟、段力佩、于漪、毛蓓蕾一辈，再看魏书生，好像都没有什么人先给他们定一个什么以"名"为头衔的角色，再进行刻意的培养。正因为这样，他们才能自成一体、自为一派、经久不衰、永葆青春，其根本原因就是大浪淘沙。

可以印证一句话：时代定有人才出。

链接：

名师不是吹出来、炒出来的

近年来，新华社一位记者多次向我提出这样一个问题：为什么你们当年树立的典型，如于漪、袁瑢、毛蓓蕾等，个个都始终站得住，虽历经风雨，但不倒下，不是昙花一现？我想了一下，回答他：一是这些老师在业务上绝对过得硬，我们是一个一个地亲自下去听他（她）们的课，而且经过多次总结、观察的，而不是仅仅听下面的汇报或报上的宣传；二是他（她）们的师德都很好，为人谦虚、作风正派、工作踏实。一句话，他们都学高身正，经得起时间的检验，不是吹出来、炒出来的。

《从教七十年散记》吕型伟

农村教师还是穷

从 20 世纪 70 年代末全国恢复高考起,农村这一广阔天地,就已经很难藏龙卧虎了。一大批学习能力强、基础知识好的青年人通过"高考"这一条路,从农村走向城市,从上海走向全国。能继续回乡(农村)的只有选读师范类专业的那一批优秀青年。因为每个乡镇都有学校,每个学校都必须由大学毕业的学生去充当教师,于是就一个地区而言,农村中学就成了这个地区人才聚集的高地。

20 世纪 80 年代初期,中国农村面临改革开放对人才的强烈要求,年轻化、知识化的口号直指一群刚从大学毕业,当时在学校担任教师的年轻人。我清楚地记得,当时的政府干部选拔路线上有一条关于保证农村中小学骨干教师不大量流向从政岗位的规定。尽管由于需求大,还是有不少优秀教学骨干充实到政府机关部门,但大量的骨干教师还是留了下来,他们为发展农村中小学的教育作出了贡献。

但是,近年来形势又有所变化,根据我的观察,农村中小学骨干教师流向政府从政的现象正在越演越烈!

某一仅 3 万人口的乡镇,全镇共教职工 250 多人,近三年内已有 13 位教学骨干流入政府部门工作,他们的人事编制都清一色地采用"借用"的过渡办法，即继续在学校拿基本工资，又到政府拿一份补贴。问题不是出在工资的多少上，而是骨干教师的从政现象，给农村中小学的教育带来一定的负面影响。首先是一位经过多年师范大学培养、又有教学实践的骨干教师流向政府，使本来就缺少骨干的农村学校"雪上加霜"，严重削弱教师队伍。第二，骨干的流动造成了相应年龄教师的不稳定性。一个个骨干跑了，留下来的都是谁呀？教师们纷纷寻找方向，而找到方向的又是骨干，造成了农村学校教师队伍新的不稳定。

是什么原因导致这一现象的增加？我认为有以下几点原因：

1. 农村教师待遇低下，生活清苦。一个骨干教师的收入与一个在乡政部门参加工作的人相比，教师的年收入大约是同类从政人员的50％。长期生活、工作在农村的教师，他们的价值观也起了一些变化，往往对自己的专业看得不重，往往只看到了那一部分自己的同学，这些老同学虽然当年没有机会升入大学深造，但他们在乡镇从事行政工作，工作、生活得潇洒、滋润。于是也有一些骨干教师以到政府从政为荣，为了自己的这一份追求，也有去打通关节的。他们在考虑自己的将来时，目标只有一个：考公务员。因为骨干教师考公务员的成功率比起其他人员来说往往要高得多。

2. 政府人员的素质要求，也确实面临着困境。一般说学校骨干教师的文字功底、语言表达能力都较好，又有较强的工作能力。而政府由于人事编制所限的困惑，需要人，但编制委员会又不允许增加行政人员，于是教师这一由地方政府在人事和工资上可以说了算的队伍，就自然而然地成为政府增加人员而不增加编制的最佳选择了。

农村的教育十分薄弱，上海的农村也同样。一个学校的师资队伍本来就是青黄不接，大多师范大学毕业的大学生已不愿回乡从教,而向城市流动,如果再有这样一批原本稳定在农村居住的骨干教师遇到这样的"从政机遇",那真不知道若干年之后上海的农村教育是什么样了。

有人说目前在农村念书的学生都是一些没有财源、缺少"路子"的农家子弟;又有人说,在农村从事教育的都是一批想走没机会、想不走又没发展的教师。清苦的农村教师,何以会向教育、向农家子弟奉献自己的青春年华? 这样的师资队伍导致了这样的生源情况,这样的生源情况又使农村中小学缺少生气。

长此以往,农村教育将是一番什么模样呢?

链接一:

重构农村义务教育财政投入体制

全国政协常委、苏州市副市长朱永新委员说,现行教育经费投入没有区分地区差异。我国东西部经济发展水平落差悬殊,财力雄厚的县收入可达几个亿甚至几十亿,而财力匮乏的县只有几千万甚至几百万,连基本的温饱都难以保证。因此,现行教育财政投入体制应予以改变。

朱永新向全国政协提交提案,呼吁在农村地区实行免费义务教育,并重构农村义务教育财政投入体制,国家财政和省级财政视不同地区的情况,在农村义务教育阶段承担一定比例的投资。应尽快建立规范的义务教育财政转移支付制度,使义务教育经费投入规范化、制度化、法律化,确保义务教育经费有稳定来源。

《信息导刊》2005 年第十三期

链接二：

改善农村教师待遇

　　综合消息　教育部人事司副司长吕玉刚在接受《第一财经日报》专访时透露，教育部将采取一系列措施，改善农村教师待遇，引导和鼓励教师和其他具备教师资格的人员到乡村任教。

　　吕玉刚说，据粗略估计和测算，中国农村小学教师有 380 万人，如果中央政府能够保证每人每月 500 元的收入，需要人民币232 亿元。全国农村还有中学教师 223 万人，如果保证每人每月800 元收入，总费用是 214 亿元。两项加起来是 446 亿元，占 2002年全国财政总收入的 2.3%。现在的确有许多农村教师工资水平较低，而且工资拖欠现象也时有发生，一些津贴至今未得到解决，城乡教师实际收入差距大。在这种情况之下，我们提出要进一步完善教师工资的保障机制，按照核定的编制和工资标准全额列入预算。与此同时，要招聘一批合格的教师，到缺编的边远地区、贫困地区中小学任教。

教师的价值观在动摇

朋友小林，是某镇一位小学校长，年届四十，已任了 6 年小学校长之职。6 年时间，对一位小学校长来说，正是出成绩的时候，他很努力，已成为该区的市级名校长后备人选。

去年冬天，镇政府办公室主任调任他职，党委决定向社会招聘。小林一份简历，一篇文章，当然入选。

对政府来说，一个能主持由几百个知识分子工作的小学校长，一个能写文章、作演讲的校长，从事镇政府办公室主任工作再合适不过了。

对小林来说，镇政府办公室主任也算是一个肥缺。两厢情愿，一拍即合。于是，该小学还来不及聘任新校长，而小林就于年底前先在镇政府办公室上班了，学校那边由副校长主持着。

对此，我感慨万千。

其一，知识分子常讲点面子，更爱面子。一个在镇里文化层次上最值得尊重的"知识分子"形象，却被我们那位小林朋友看得一文不值。且不说他几年苦读师范，今天付之东流，就是他这十多年的教学经历和校长经历中的摸打滚爬，本应足够使他对成就感到高兴。然而不知他为什么要如此积极应聘。

其二，人讲的是感情。一个人，从事一份工作时间一长，不管你当初愿不愿意这样做,总得有三分感情。接触惯了学生,习惯了与教师的沟通,还研究了不少教育教学的案例或是理论,进入不惑之年之时,正是该为这项你不喜欢也已经喜欢的教育出成绩的时候,却离开了这一重要的岗位。平日里缺少了学生每天向你的问候,缺少了与教师们共同探讨问题的乐趣。你的案头文件里充斥着教条,没有太多的自由想象空间,没有太多的自我行动范围,任何时候都要"小心"地伺候着核心领导的行动和思想,虽说也是一份新的刺激,但毕竟不是学校的那份自在。

当然,镇政府需要能人,也需要思想成熟、作风老练的人,办公室主任也是一项事业。据说能做好校长的人,大多是有不凡功底之人。按照人尽其才、物尽其用的角度来思考,政府也不该把一个培养地区人才的摇篮——学校,与平日里为领导传达思想、给领导作好服务的镇政府办公室之孰重孰轻看倒过来了吧?

我想到了社会的价值取向,想到了我们教师的价值取向。或者是教师们真的太穷,以至于大多数教师把眼睛盯在一份比自身高出三四万元的公务员年收入之上,连我们做学校校长的也对此深信不疑,而忘记了填报师范类志愿时的对教育的无限憧憬,也失信于就读师范时对教育的信誓旦旦;师范毕业时对教育的那一片深情已被转移,也忘记了上课时几千个学生那专注的眼神,更不要说全校师生在聆听你的开学典礼教诲时的一片痴心。

我真的无法理解为什么在 21 世纪中国开放的现实中,官本位的价值取向竟然对教育系统的骨干乃至干部有如此的号召力!

链接:

师资均衡需要制度安排

读完《骨干教师无奈离去大批学生失望转学》(本报 11 月 26

日1版),再联系前段时间的《三名新教师愤然辞职》,心情很有些不好受。

11月中旬,我曾经参与成都市"推进城乡一体化重点乡镇的学校发展"调研,一位中学校长说了这样一件事,在中小学标准化建设过程中,他对教育局长提出要求:"我可不可以少要一栋楼,让我拿点钱去培训教师?"看来,城乡教育均衡的关键已经很现实地转移到师资队伍的均衡上了,关心教育已经必须落实在关心教师上了。

对于教师流动,"人往高处走,水往低处流。"我们应该对长期坚持在边远山区和穷困地区的中小学老师表示敬意。但向上流动终究是大多数人的天性和追求,从以人为本的角度,又委实不能责怪这些流动的教师,而且谁也不能也无法阻止这种流动。

过去说的"事业留人"、"感情留人"现在也需要,因为无论如何均衡,短时间都无法真正绝对均衡。但仅有"事业留人"、"感情留人"已经远远不够,最根本的还是环境留人,或者说需要待遇留人。"家中如有梧桐树,不怕凤凰不来栖"。营造有利于留住人才的环境,仅仅靠校长、甚至仅仅靠教育已经不能实现,关键还是要政府做出相应的制度安排。

成都教育学院　陈大伟

因人而异，各施所"惠"

春秋时，人口少、土地辽阔，很需要老百姓，所以孔子说，能够做到"近者悦，远者来"，就是最大的成功了。对领导人来说，跟随的人，不愿离开；在外面的人都想回来；别处的人都想来投效，这就成功了。相反的，在你身边的人想离开，在外面的人没有向心力，这就有问题。因为这里涉及到一个领导的凝聚力问题。

在学校工作中建设一支高品质的师资队伍，是学校领导昼思夜想的事。以前曾经有人说过三句话，称为"事业留人、待遇留人、感情留人。"这三句话通俗易懂，高度地概括了学校和教师之间的关系，很有创意。

一部分教师的确以事业为重，在这些教师看来只要事业有发展空间他就心满意足了；另一部分教师，在感情上考虑得较多，不追求什么，只图一个和谐的工作环境、同事关系，也就显得踏踏实实；还有一部分教师对待遇有敏感性，倒不是因为每月多几百元钱的问题，在他看来钱的多少就是一个教师的"身价"和形象，所以有钱必计较；当然也有事业、感情、待遇方面兼而有之的教师。

因此，学校的领导应因人而异地做好教师的工作。

各施所惠是一个最好的办法。这就如同我们教学中需要注意发挥学生的个性特长一样，不同的人要用不同的方法，给予不同的

"惠",不管是什么样的惠,都要以"诚恳"为基础,以校长对老师的"真诚"为基础。

有的教师是不太讲究待遇的,他是讲感情的,只要他的个性得到大家的包容,他就认定这个学校就是他的家,是他与老师利益的一个共同体,因此为学校做事是义无反顾的。对这样的教师,领导应积极引导他参与学校发展和建设的谋划,充分发挥他的主人翁态度,在什么场合都让他谈谈个人对学校工作的见解和意见。

有的教师是要做出一点成绩给大家看看的,这种人讲的是面子,大而言之就是需要一种成就感,对这样的教师,领导要注意让他参加某一工作的具体实践,让他发挥自己的特长,使他取得一定的成果,并注意在学校内表彰发扬。

还有教师是讲待遇的,对这样的教师,千万不能在年终奖励和其他大小津贴发放上有所怠慢,他所获的奖励(现金)可以予以公开,哪怕多上一个百数、十数的。钱不但是他生活的需要,也是他(她)在妻子(丈夫)、亲朋好友之间的地位和荣辱。

学校领导面对的是具有各种心理特征的教师。如果分析透了、把握准了,又以一种"真诚"的态度施教师予不同的"惠",那么学校的凝聚力就能提高,教师的能动作用就能发挥,一支优良的师资队伍才能形成。

链 接:

故 事 四 则

一、评职称这么难

一位有几十年教龄的农村初中英语女教师,因为大专文凭,所以在今年的评职称中遭遇失败。这已经是她第二次申请高级教师了。去年,通过了普通话、计算机考试,但是因为论文不合格而遭淘汰。今年论文通过，但又因不够本科标准而失败。"我已经45岁了，我想我已经没有机会评上高级教师了。"她边哭边说，"我一心扑在工作上，把我的青春和爱都献给了教育事业。丈夫因为我不关心他、不顾家而离开了我。现在评职称又失败，我觉得我的努力都白费了。辛勤工作换来了什么？我觉得命运待我不公，难道学生的优异成绩抵不上一纸文凭？评职称到底是看工作能力还是其他条件？"

二、我不想当"雷母"

年轻的初中女教师小琴，教英语，有一个4岁可爱的女儿，丈夫在乡政府工作，工作家庭都让人羡慕。"从女儿出生以后，我的脾气变化很大。原来热情活泼，现在却很容易激动，经常为一些小事发火。只要学生不听话或女儿调皮我就会很生气。"

三、50岁不到我准累死

张老师年逾三十，有一个5岁的上幼儿园的女儿，是一所初中两个班的语文老师，同时是其中一个班的班主任。

每天天还没亮，张老师就得起床，准备早餐，然后叫醒女儿，哄她穿衣、梳洗、吃完早饭，自己才能胡乱吃几口。去学校以前，必须骑自行车飞奔近30分钟把女儿送到幼儿园，几乎每天都最早一个把女儿交给老师，再急匆匆赶到学校。

学校里又有一大堆麻烦事等着处理：堆积如山的作业本需要批改，学生考试成绩太低你得找他谈话，公开课做课件让你晕头转向，竞赛只许拿大奖不然校长要批评你，忙完学校的事回到家还得熬夜备课……教师那么一点微薄的工资，又让她捉襟见肘。半夜起来的内心独白是：

——"五十岁不到，我准累死。"

——"我能提早退休那该多好啊。"

——"这样的生活，何时是盼头。"

四、家长咋不理解我

华老师，是一位小学五年级的班主任，责任心特别强，如果有一位学生成绩没有达到她的标准，就认为"教不严，师之惰"。但今年，刚接手一个新班级时，就发生了一件不愉快的事情。

她发现班上有一位学生经常不交作业，有时还买零食、玩具等让其他同学代做。华老师感到问题严重，就联系家长来校商议。谁知这名学生很怕家长，见老师要向家长"告"他的状，就躲在外面不回家了。结果家长发动亲戚、朋友、老师、同学四处寻找，终于在晚上十点多找回孩子。家长为此很怨恨华老师。华老师则很着急，要求家长每天接送孩子，并且每天监督孩子把作业做完。家长认为华老师是推卸责任，没有能力管他们的孩子。华老师听了又气又急又无奈。眼看这学生不做作业，拖班级后腿，影响班里另外几个学生乘机不做作业，无法与家长沟通，得不到校方的支持。

《杭州康恩贝教师心理热线》

叙事研究进学校

　　什么是叙事？简而言之，就是讲故事。为什么讲故事也有研究价值？因为故事给我们提供可能的人类经验，使有类似经历的人通过认同而得到推广。

　　叙事研究作为一种方法被引入教育研究领域，在国外不过是一二十年的事，在国内的时间则更短。过去，统治学校科研领域的主要研究范式为实证研究，强调"控制"和"假设"，强调运用实验与统计推论等方法揭示普遍规律。但是，统计、量化式的研究忽略了教师成长的不同特点与个性，忽略了学生活泼的情感世界，而叙事研究则非常贴近教师的日常生活。它是描述教师真实生活的"从下到上"的研究。叙事研究不需要刻意建立富有逻辑的概念体系，是一种人文研究领域中"生活体验"的再现。

　　目前，叙事研究逐渐分化出两条道路：一是中小学教师讲述自己的故事，可称之为"行动研究的故事"；二是大学研究者讲述中小学教师的故事，可称之为"调查研究的故事"。对中小学教师而言，主要是由教师本人用第一人称叙述自己研究过程中所发生的一系列教育教学事件，包括研究问题是怎样提出的，"我"是如何思考解决这个问题的，实施过程中又碰到了哪些新问题，采取了哪些新策略。教育叙事研究是中小学教师在教育研究方法论上的一种形式，它能给学校教育教学，尤其是教师个人发展带来新的思路和视野。

有人把叙事研究当作文学创作，这是一种误解。北京大学陈向明教授从"调查研究"的角度道出了叙事研究的艰辛："一个好的叙事往往使读者感到将整个故事整合在一起似乎是件十分容易的事，而实际上，要把从被研究者那里收集到的既丰富又复杂的原始资料整合成一个有内在联系的故事，构造一个不仅生动有趣而且有实际资料支撑的故事，这简单的背后隐藏着作者长期、艰苦的劳动。"以现象学和解释学为方法论基础的叙事探究，探究的不是小说、散文的创作，而是强调意义理解和建构，强调通过对个体经验的揭示，探讨一种可以穿透个体经验的、归隐在经验背后的深层次的东西。

一般来说，叙事研究要经历以下步骤：进行研究设计——寻找打算研究的主题——展开研究——形成现场文本——把现场文本转化成研究文本。教师们在观察同伴研究时，可以把一个完整的叙事分为摘要、状态、复杂的行动、评价、解决方式、结局等部分。

我要特别强调的是：教师的叙事研究一定要面向事实本身，不可胡编乱造；要有生动的故事情节，具可读性；要有故事结构，让读者明白其中的道理；要有足够的解释空间，彰显某种教育意义。叙事研究的价值不在于研究程序及结论的推广，而重在具体教育问题的解决、教育经验的意义重构和教育主体（教师和学生）的发展，并期望阅读者获得共鸣，获得叙事者得到启示的愉悦。

叙事研究比实验统计研究更贴近教师的日常教育生活，更接近真实的"教育田野"。它把艰涩枯燥的理论还原到生活中去，使抽象而复杂甚至是高远而深不可测的观点变得通俗易懂。"叙事的直接抵达，让那些没有体温、呼吸和心跳的文字，那些概念单性繁殖概念的论、史、评，远远留在它们的灰色地带。"

我想，当"叙事研究"成为中小学教师普遍采用的学校教育科研方法之后，他们的教育生活将变得多姿多彩，那些流淌着生命气息的文字将为新时代教育变革留下宝贵的资料,那些隐藏在日常教育实践之中的教育教学智慧将丰盈中国教育的理论世界。

链接:

叙事研究的内容

叙事研究研究的是"事",是"故事"或"事件"。教师的叙事研究已非常鲜明地划定了事件的范围:这些"事"是教师之事,这些"故事"是教师的生活故事、发生的教育故事和参与其中的人,是一份真实的教学叙事或"生活叙事"。教师叙事研究就是研究教师在日常的教育活动中所遭遇、所经历的各种事件。

一、研究教师的教育思想

教师的叙事研究首先就要研究教师的日常行为背后所内隐的思想,教师的生活故事当中所蕴含的理念,以便为教师的行为寻求到理论的支撑,为教师的生活建构起思想的框架。

二、研究教师的教育活动

叙事研究正是立足于此进行的研究:通过教师在校园里的举止谈吐了解教师的为人修养,通过教师在课堂中的处事行为了解教师的个性特征,通过教师对教学内容的诠释了解教师的知识基础,通过教师对教学方法的运用了解教师的教育机制等等。可以说,教师的教育活动范围有多宽,教师的叙事研究领域就有多广;教师的职业触角有多深,教师的叙事研究延伸就有多长。

三、研究教师的教育对象

教师的叙事研究也要研究学生的认知特点、情意特点、人格特质,研究学生的年龄特征、个性差异、身心规律,研究学生所感兴趣、所思考、所进行的活动。

学会写案例

　　自从教师有了专业技术职称之后，教师职称的评定就成为教师工作追求的一个目标。也因为职称评定必须要考察教师的科研水平，于是写论文，然后在某一刊物上发表，就成了衡量一个人科研水平的标准。大量教育类刊物和杂志的出现，本来其根本目标是为了介绍科研情况以促进教学工作的研究，但自从那天起，教育类的许多刊物都是为了职称而作，美其名曰"为教师创造一个科研的舞台"。

　　写论文到底为什么，这是论文写作的最根本问题，大多数人不是为了研讨而发表，而是为了职称评定的需要而发表。于是刊物办滥了，更有付钱发表作品的；论文写滥了，同一题材换个角度可有几篇论文；风气搞坏了，许多人抄来抄去，"枪手"一类职业也应运而生；甚至还有"层次高"的教师、教授，把国外的新理论反复炒作。我们把写论文的根本目的搞错了，论文的质量也当然不高，论文的意义也明显大打折扣。"春晚"赵本山与崔永元合演的"小崔说事"，就是一针见血地指出某些作品只能充当厕所用纸，浪费纸张不必说了，目前关于职称评定须评定论文等级的做法更是已经把严肃的教育科研贬得不值几分。

　　前几年案例写作应运而生，一来是因为这种叙事性的研究方式确实有用,更重要的是,我们教育科研界的有识之士从教育科研的根本目的出发而大声疾呼、大力提倡。但是我们的教师们还是未能把案例写作看成是我们教学工作研究和积累的一种方法,不愿多花笔墨去思考、去积累。也有人把它看得很不重要,因为案例不是论文,评职称时无法作为科研水平的体现。

其实,对于广大的基层教育工作者来说,案例写作是提高自己能力和水平的有效途径。

首先,案例必须是发生在作者身边或发生于作者自身的教育故事,这一事件对作者的反思和领悟是实实在在的、记忆犹新的、促动思想的,是真实的人和事,活生生的教育故事,而不是转抄过来的什么专家、什么领导、什么哲学家的语言,或是连作者自己都没有深刻理解的片言只语。

其次,案例其实质是一种一事一议的体裁。这一件事所反映的问题虽然是局部的,但经常的写作和思考却能使问题起连锁反应。积累得多了,就会有多种思想的产生,虽说寻找到的解决矛盾的方法和手段是个个案的,却常常显得十分奏效。

案例的写作因事而写,对教师来说,不会成为一大难题。人人都会写,人人都有理,决不会因"水平"不够而写得逻辑不通。

在职称论文的评定中,目前对案例的写作尚未得到许多单位和领导的认可。但我可以负责地说,论文是可以抄的,而且抄得他自己都不懂这是什么。案例虽然也可以胡编,但编出来的案例故事是可以引起思考的。用这两种最低标准来衡量一个教师的教学研究能力,孰优孰劣那也就一清二楚了。

链 接:

北京消息:据《中国青年报》报道,记者昨天就备受中小学教师关注的"职称评定是否要论文"问题,采访了有关部门。

人事部专业技术人员管理司职称处的郑富仕介绍说,1986 年中央职称改革工作领导小组转发原国家教委《中小学教师职务实行条例》,其中规定了各级教师的任职条件和原则,但论文并不是必要的条件。既然国家对论文没有硬性规定,为何各地又如此看重论文呢?

教育部有关人士分析说,中央有个原则规定,到地方就要变成可操作的东西。评审委员会专家一般在省会城市,而有的教师在乡村,怎么评价老师是否具有相应的能力?只有凭材料。可教师的工作量和教学水平又看不出来。在高校是通过论文来看教师的水平,现在的中小学就沿袭了高校的模式,"轻教学,重论文"。这种做法是一种简单操作,它根本没有考虑到中小学教师的职业特点。

据透露,教育部正与人事部一起研究新的教师职务条例。新的条例是在 1986 年试行条例基础上的改善和深化,它会更突出个人能力而非论文。预计新条例年内即可出台。

《福州晚报》

链接二:

南京教师专业资格评审条件有修改

南京市教育局重新修订了《教师专业技术资格评审条件(试行)》。根据近年出现的新课程改革,加强新农村建设等新要求,对中学高级、中学一级和小学高级教师专业技术资格的评审(职称评定)在原有基础上进行了较大修改。

和过去相比,新出台的《条件》除了继续关注教师的教学和科研外,更加注重教师教学效果。比如对申报中学高级教师,《条件》就明确提出必须"教学成绩显著",要求其所教学生对其评价良好,是学校公认的教学骨干,新的职称评定条件不再只是看证书,看论文数量,而是对素质教育的实践能力也提出了要求。

如新增了"能承担选修课或校本课程的教学任务",能独立发表本专业"教育教学案例"等一些新要求,并强调"须提供任现职以来近两年所教学科1学年的教案","连续申报的教师必须有新的业绩成果"。

《南京日报》2006 年 4 月 17 日

学生让教师成材

去年夏天，我走上教师岗位后所教的第一届学生相约来看望我。原班四十多个人，共来了 36 位，还有带了爱人一起来的。我请他们吃饭，席间大家谈到二十多年前的班级情况，其中不乏谈到师生情谊。有位当年的皮大王，深有感触地说：没有当年老师高度的工作责任心，就没有我们的今天，说不定我们在座的许多人还在农村，或打工，或无业。又有人说，我们很幸运地遇上了你这样的老师，几年后你当上校长，我们又常常以此为豪。

学生们说的是真情，但这话说得不够全面。我要说的是：如果没有这样的一批学生，我就无法取得教学经验，我就无法被当年的学校领导器重，也不可能成为一个青年教师中的培养对象，就不可能有今天。应该还得说是学生们成就了我。

在学生成长的同时，教师也得到了成长，学校是师生共同成长的地方。

以往的学校，讲到办学目标时，一般只考虑到培养优秀的学生，而往往想不到学校应该同时肩负培养教师的任务。因此在总结学校工作时，只是把学生取得的成绩列于前位，似乎教师的成就只有在学生身上才能得到体现，学校成绩只能讲学生的成绩。至于教师在教学中的成长，只能看作是一种手段，即教师的成才以学生的成长为体现，学生成才才是目的。

　　于是学校工作中常出现一种不合理的现象：为了学生的成绩，教师可以牺牲自己的一切，什么学习、什么兴趣爱好都没有考虑的余地。现在有的男孩子谈朋友，碰到一个女孩很死板，就说"像一个教师"；女孩子碰到一个男孩很罗嗦，就说"罗嗦得像一个教师"。教师们都已经习惯性地认为，只有这样为学生付出才算得上有"师德"，或"师德高尚"。也经常听到这类师德高尚的教师作一些经验介绍什么的。这些同志"舍己为学生"的精神的确可以大加发扬，但对于学校来说，这样做（或要求每个教师都这样做）是否忽略了在教学过程中师生的平等？在重视对学生的人文关怀的时候，是否缺少了对教师的人文关怀？

　　教学相长，是古代贤哲对于教与学关系的一种论述，它明确地提出了一个"相"，这个"相"就是"相互"，这里的"相互"就是"平等"，就是"共同"，"长"既是平等的，又是共同的。看来孔子对教与学的观点是对学校教学目的最高境界的一种论述。

　　根据教学相长的论述，我们可以这样说：一位教师与学生接触了多年，在教师成为教师、学生成为学生的过程中，教师培养了学生，让学生成长，学生又何尝不是造就了教师，让教师也得到了成长？

　　所以我想，那天学生们来看我，这是他们对我的尊重（更多的是友好之情）；同样地，我对他们也怀有感激之情，是他们让当年的我成熟、稳重起来。

　　还好那天由我"埋单"，那是应该的。我之所以成长为一个较为出色的教师，之后又成为学校的领导，没有这一批学生，哪有我的进步和成材，哪来我的今天呢？

　　我真得感谢我的学生们，是他们让我成了材。

第三章

教育是种社会责任

子曰:"……夫仁者,己欲立而立人,
己欲达而达人。……"

——《论语·雍也》

教育是种社会责任

教育是一种社会责任

　　一位学生，读初中时调皮得很，学习成绩很差，班主任对他一筹莫展，教育、批评、呵斥都有过，但收效甚微。几年之后这位学生在一所中专毕业后参军入伍，临行前来学校看望班主任，正好班主任老师外出学习，于是给老师留下一套茶具，并附上一封信，信中坦言初中学习时给老师带来麻烦，并对当年不尊重老师之举表示歉意，请老师原谅。

　　第二天，该老师收到礼物，在办公室读罢此信，十分感动。

　　于是同办公室的教师们议论纷纷，说是一些优秀学生不懂得感恩，常常会把老师忘了，不管他那时受了多少呵护、表扬，得到了多少指导，反而常常觉得自己成绩优秀是"天资好"，自己"用功"。现在看来，这些优秀学生至少在感情方面还不如几个当年的"差生"，为此许多教师显得心态不平。

　　我们这个社会讲究利益、讲究实用，教师们也随着大流，把自己的心态搞坏了。好像无论什么事情，有付出就得有回报，就好比一个投资者，在投资初期就要考虑今后的回报效益是多少一样，那实在是一种错误。

　　从法律的意义上说，教师是政府"雇"用（这里暂且用这个词，宜改为"聘"用更好）的对学生进行教育、帮助的人员，薪水是纳税人给你的,因此效益的回报应该站在社会的角度来思考,而不应以个人的感情来思考。学生本来就不应该以"好"、"差"来区别,所有的学生都会对社会有用,他们的回报应以对社会的回报大小来定夺,而不是以对教师们是否感恩来衡量。

就算从个人的感情来思考,那也不能说这种心态有多少道理。我们成年人把自己的亲生儿女抚养成人的过程中,都有一种共同的感觉:父母给子女的,那是应该的;而儿女给父母的,就应该得到类似"孝顺"之类的表扬。这似乎显得父母只能支出,而不能有回报,更别谈社会上还有一些根本不理解父母养育之恩的子女了。正如一句广告词所说"有几个孩子记得父母的生日",看来做父母对子女的付出本来就是一种社会责任。

自己的子女都不知道有没有良心,不要说别人家的孩子了。

做教师不要计较、不要埋怨,教好学生,给学生以真情,那是社会给予我们的责任,也是人类给予每一成员的责任。当你选择了做教师之后,你就要有这种大度。

链接:

是"蜡烛"更是事业

长期以来,人们一直用"蜡烛"、"春蚕"、"伯乐"等词汇比照教师,用以说明教师这种职业具有很强的奉献精神。社会发展到21世纪,教师对此还认可吗?调查结果表明,答案是肯定的。我们以"教师是蜡烛,燃烧自己,照亮别人"和"我认为教师是伯乐,具有能识千里马的素质"这样两个问题来了解教师的心理反应,结果有87%和88%的教师分别作了肯定的回答。

"我认为教师是职业,不求功名,但求无过"和"我认为教育是事业,教师应不断开拓创新,为此奉献终身"两个问题,是我们为了解教师在"职业"与"事业"关系上的认识而设计的。教师对前者的回答是:55%的人认为"完全不符合"和"不符合",认为"符合"和"非常符合"的人占24%,另有21%的人回答"一般";教师对后者的回答是:85.7%的人认为"非常符合"和"符合",特别是认为"非常符合"的就达到了五成多,而认为"不符合"和"完全不符合"的仅占3.5%,有10.8%的人回答"一般"。两者相比较,从总体上看,教师更赞同自己从事的教育工作是一种事业。

教师充分认可"蜡烛"精神的这个事实,实际上是反映了教师这种职业的劳动特点,那就是它具有明显的辛苦性、复杂性、创造性,同时社会责任大。

教师职业与其他从事物质生产的职业不同,它的劳动对象是"人",而且是尚未成熟的人,是正在发展中的人,教师要把他们从"自然人"培养成为"社会人",这个过程是比较艰巨的。

教师这种职业是一种既要劳体又要劳心的工作,尤其需要劳心。虽然我们今天的教育教学手段更先进了,但这并不会因此而改变教师劳动的这种辛苦性、复杂性、创造性以及社会责任大的特点。由此决定了从事教师这种职业需要有更强的奉献精神、牺牲精神,这一点不会因社会的发展进步而改变。

《中国教育报》2002年9月21日第1版

师 德 的 核 心

教育工作者,首先讲的是师德,我曾经研究过我们教师对师德的认识,在他们的各种总结中,在谈到师德时,总是从下面几个方面来总结:工作如何服从领导安排;如何关心学生;如何超负荷完成工作量;如何搞好办公室的同事关系等等。的确,上述这些教师的认识都是师德的重要内容,但依我看,都不是师德的核心。

有人认为,师德的核心是教师的健康人格,并以之熏陶学生,潜移默化地使学生学会做人、学会做事的那种人格魅力。的确,这是师德之中不可缺少的最基础的东西。虽说能运用自身的人格魅力和本质来影响他人的人,不仅限于教师,但与演员、商人、官员、医生、律师、科学家比起来,教师的教育对象是少年儿童,工作的内容是培养学生,教师从本质上区别于其他人的、有其特殊意义的道德规范才能称为"师德"。

因此师德的核心是教师对学科发展的追索,是对学科教学的研究。

我们在中小学读过的书,几年后都差不多记不得了。有人在研究教育的实质时说:在大部分东西都忘却之后,留下来的记忆就是教育。既然留下来的记忆是教育,那么我们到底应该给学生留下什么样的记忆呢?

我们应该给学生留下教师对学科的钻研精神，留下一块书上没有、考试不考、没有分数、没有负担，而是教师通过钻研体会、感受而得到的学科知识，是教师钻研教材的科学精神。这些东西可能有的只有一个大概的轮廓，但正是这些大概的轮廓会不知不觉地、潜移默化地熏陶学生。

从教师本人的发展来说，"一桶水"和"一杯水"的理论仍然有着现实意义，因为一桶水能使我们的教学更得心应手。人智慧的充溢是人的需求，是人的一种本能，当一个教师生活在一个充溢着丰富知识的海洋里的时候，作为育人的教师一定有许多愉悦。当这种愉悦传递到课堂上、传递到学生中的时候，那么教师的生命活力就得到了延续。

所以在评价一位教师师德的时候，你应该充分考虑这位教师对学科的钻研情况，看他读了多少学科书籍，看了哪些学科杂志，做了哪些学科研究，同时了解他是如何将这些学科知识、学科精神传递给学生的。只有这样才符合具有教师职业特点的道德规范，否则就无法区别师德与医德、师德与政德、师德与商德、师德与其他各个行业道德之间的关系了。

链接：

师 德 刍 议

师德，即教师职业道德，它由三个子概念——教师、职业、道德——有机组合而成。因此，要正确理解师德的含义，首先就应对这三个子概念作必要的了解。

1. 教师。《中华人民共和国教师法》对教师这一概念的界定是："教师是履行教育教学职责的专业人员，承担教书育人、培养社会主义事业建设者和接班人、提高民族素质的使命。"

2. 职业。《现代汉语词典》对职业的解释是:"个人在社会中所从事的作为主要生活来源的工作"。

3. 道德。《简明社会科学词典》把道德这一概念界定为:"一定社会为了调整人们之间以及个人和社会之间的关系所提倡的行为规范的总和。"

通过以上分析我们知道:首先教师是一类专业人员;其次教师在从事教育教学这一专业工作时要履行教书育人这一特定的职责;再次教师无论在社会上作为一般人,还是作为专业人,都要遵守一定的行为准则和规范。三者的有机组合就产生了教师职业道德这一概念:教师在从事教育教学活动、履行教书育人职责时,必须遵循的行为准则和道德规范的总和,称为教师职业道德,简称师德。这便是师德的内涵。

汪文贤 2004年12月22日

假如这不是"假如"

　　毛泽东同志在《湖南农民运动考察报告》中说过一句话,叫做"严重的问题是教育农民"。推广到现时的教育界,严重的问题是"教育教师",尤其是教育教师"以身作则",甚至可以降低标准,教育教师像学生一样遵守学校的各项规章制度。如果教师不成为教师,那么教师又如何成为教育学生的教师呢? 所以我说:

　　假如,你对学校的规章制度一无所知,

　　那么,你的学生在校内的表现将"没有规矩";

　　假如,你对学生的了解,只限于作业和分数,

　　那么,学生将会说你的不公;

　　假如,你在学生面前,表示了对其他教师的指责和批评,

　　那么,将会有学生在那个老师那儿指责你的不是;

　　假如,你在组织学生参加学校活动时,漫不经心,认为可有可无,

　　那么,你对学生的教育和要求,也将被学生认定是可有可无的"耳边风";

　　假如,你的办公桌上放满了杂乱的糖果、簿本,

　　那么,你所管班级的整洁工作就无从谈起;

　　假如,你对学生的父母多次告状,

那么,所有的事情你就别想知道,在学生看来"承认"就是一种"错误";

假如,你今天忘了昨天对学生的承诺,

那么,你最好快去补一补,哪怕编织一个善良的谎言;

假如,面对教室的脏乱熟视无睹,或者和学生同坐在班车上忘记了自己是个教师,面对学生的无礼和幼稚不能告诫自己"我是长者",

那么,你在学生的心目中将没有什么位置。

假如,

这些都不是"假如",

那么,你将不会是一位"消防队员"。

假如你给了学生三分阳光,

那么学生们会回赠你灿烂的星空。

假如当你走进校园的时候,给学生一个会意的微笑,

那么,学生的一切,教师的一切,校园的一切都会变得和谐而快乐。

以上的假如都是设想,虽然做起来不难,但如果有一个学校,每个教师都能这样,那还需要这么多的"假如"吗?

链接:

教师应该以身作则

加里宁曾说过:"教师每天仿佛都蹲在一面镜子里,外面有几十双精细的、敏感的、善于窥视出教师优点和缺点的孩子的眼睛,在不断盯视着他。

"世界上没有任何人受着这样严格的监督,也没有任何人能对年轻的心灵以如此深远的影响。"这段话形象地说明了教师的劳动

带有很强的示范性,教师要以自己的德、学、才、识示范于学生,这种示范就是教育。

在学生眼里,教师是社会规范、道德的化身、人类的楷模、父母的替身。如此,教师被模式化了,不可逾越规范,他们必须以高尚的师德展示于人,并时刻检点自己。

被誉为"万世师表"的伟大的人民教育家陶行知先生非常重视师德修养,他本人为培育英才呕心沥血、百折不回,表现出崇高的师德;他精辟的师德理论,是新世纪师德建设的宝贵财富。他在强调教师地位和作用的同时,又中肯地指出"要人敬的必先自敬,重师首在师之自重。"这"自敬"、"自重"的关键在于教师要提高自身素质,加强师德修养。他指出"我们深信教师应该以身作则","各人的一举一动,一言一行,都要修到不愧为人师的地步。"

中国基础教育网

学会"换位"思考

一次家长会,英语教师在向学生家长交流班级情况的时候,当着学生家长的面,说这批学生如何地差,目的是想刺激一下家长们的情绪,激发家长管好学生的积极性。然而事与愿违,家长反而觉得老师不尽力,缺少手段和方法,几位家长当场反驳,于是教师和家长之间产生矛盾,双方出现无礼的指责。结果是,教师和学生家长双方脸色都不好,心里都是愤愤,谁都无法理解对方。出现这样的结局是教师和家长双方都没有预见的,你说这怪谁呢?

随着学校开放程度的提高,家校之间交流的增加,教师与家长之间矛盾出现的频率也随之增高。家长们往往站在自己的角度来思考子女的教育,一般而言,几乎没有家长愿意承认自己的孩子是"差生",是"捣蛋鬼";教师们常常从学校教育的角度来理解自己所采取的各种教育手段,常常会显得急躁,恨铁不成钢。于是当一个学生出事或一次学生事件发生之后,教师和家长之间往往观点不相一致。

不同的观点,导致埋怨的产生。家长们总是把责任推向学校或教师。而教师呢?总是喜欢把问题推向学生或学生家长。

事过之后,教师们埋怨学生不听话,埋怨学生笨,埋怨领导支持不够,埋怨家长不够理解,而一般都不愿意从自己的工作角度去寻找问题，似乎"我已尽力了，什么成败优劣都与我无关"。

一个人在面对自己的评价和他人的评价时往往不会用同一尺度去分析，总感觉自己做得比别人好。我们许多教师也是这样，总觉得许多家长不懂得如何去爱孩子，才会闹出孩子的没大没小、没完没了。其实真的碰到自己，也未必不是"当局者迷"。例如我们学校规定，教师子女在本校就读者，不得随同父母在教工食堂用餐，必须在学生食堂，但"天下父母心"的教师硬是省下一块鸡腿亲自夹去学生食堂让自己的孩子吃，让同学们大跌眼镜。

真的，人心都是一样肉长的，所以我们在处理学生事务、家长事务的时候，要树立一种"换位思考"的思想方法。

我们的教师经常会碰到一些怨气冲天或对教师有许多不理解的家长。现在的家长，不仅十分地心疼着自己的子女，更有足够的法律意识和关于师德的规范要求，他可以像教师们一样原谅自己子女的过失，却不肯放过教师在教育方法中出现的一点疏忽，进行严厉批评。

我看，碰到这种与家长产生矛盾的时候可以采用下列办法：

想一想"我对在哪里"，"我有没有错"；想一想"家长的话有没有道理"；再想一想"我该怎么办？"

想到自己的错，自己的火气就会小，还会对家长的错进行分析。

想到家长们的那些道理，不管是在理还是不在理，你就会产生对家长的理解。

三个"想一想"让我们在碰到矛盾时平心静气下来，怨气小许多，这时如果再有同事间的疏导，火气就小了。火气小了，对事情的判断就不容易出错，判断正确了，话也不容易说错，与家长之间的矛盾也容易化解。

面对家长的情绪，我们得有个说话的表情，有个说话的语气腔调,有个原则。做人本来就很难,现在这个时期做教师就更难。如果看问题的角度不够全面,又不大理解家长对学校工作的要求,就容易出错,容易出现与家长之间的矛盾。

我们能不能这样来理解家长对教师和学校的"高要求":

学生家长对学校、对教师的高标准,这是家长对教育的一种关注、一种关心,我们教育工作者应该感到幸运、感到高兴。

一个学生,他背后就有家长殷切的眼光,是一代人,乃至是几代人的希望,他们把所有的希望都寄托在他们的后代身上了。我们都有子女,我们也不都是这样想的吗?不也都是这样希望的吗?

家长看到的是自己小孩的优点,因为他不会把自己的孩子放在一个群体中去作比较;而我们是在对一批学生作出比较后才理解学生个体的。那么,双方评价的差异也确实是客观存在的。

因此,只要我们要换一个位子想一想:"假如,这是我的儿子,怎么办?","假如,我是家长怎么办?"那么,我们和家长之间的矛盾就会迎刃而解。

链接:

学会换位思考

换位思考,也就等于对自己工作进行一种反思,反思自己的行为需要勇气。一名合格的教师,这种敢于认识自己、反省自己的勇气是必不可少的。只有这样才会更全面、更客观、更辩证地看待整个世界。教育也需要用这种全局性的眼光来审视,我们的教师要学会换位思考。人们常说:换位思考,理解万岁。当你有勇气直面自己时,你才会发现,其实自己做得很不够。

张海红

沉下心来做教师

有一天，我到初一办公室去，十多位教师都呆呆地坐着，不作言语，原来几分钟之前，一位学生和他的父亲在办公室无礼地指责老师。老师们都说：这年头，这教师，没什么当的了。

"围城效应"处处可见。总有许多不在教育圈子里的人，说自己喜欢做教师，却没有机会。

而"做一行怨一行"又是一种普遍现象。已经踏上教育岗位的人，常常表示出对这项工作的无奈。虽然其他行业也许都有这种现象，但教育这一行尤甚。

如果能够做到"做一项爱一项"，那就是一种境界了，这种境界已经把工作当作事业来做，已经把个人的思想、爱好当作工作的必要条件了。然而现实中，身处教育这个行业中的大多数教师都没有达到这个境界。

其实做老师的确很难，上有校长压力，下有学生盯住，中有家长埋怨，有时还有同事之间的不理解。听说有的地方对教师考核还十分"抠"，还有关于"末位淘汰"的恶性竞争。责任心强的教师几乎没有一天是空空闲闲的。这种忙，忙在工作量上，也忙在心理压力上，这是其他行业所不能比的。

这就是我们教师的生存方式，几乎每个教师都这样，一代又一代的老教师们这样走过来了，一代又一代的中年教师还在这样走着，不知一代又一代的青年教师会不会同样重复这条老路。有许多资料表明，目前中小学教师的心理健康状况令人担忧。如果教师的心理也呈现亚健康状态，又哪能培养出心理健康的学生呢？为此，教师要调节一下自己的心理，最好的方法是"自己说服自己，沉下心来工作"。

我们能不能设法给自己讲一点道理：

第一，做教师，是我自己赖以生存的一项社会工作，是与人打交道的工作，是政府委托我们做的工作，是政府发工资给我的工作。结论为："你不做也得做了。"

第二，考师范、做教师是自己的一种选择，不管是因为喜欢而选择，还是因为无奈而选择；不管是选择了之后后悔，还是不后悔，既然做了教师就要面对现实，在这个岗位上做好自己的本分工作，不要烦，也不要怨。结论为："沉下心来做"。

第三，已经做教师了，只有想办法去做好。烦恼越多，越做不好事情；越做不好事情，烦恼就更多。结论是："树立适当目标，尽可能把事情做好。"

不要怨天尤人，教师自己就是自己的救世主。

链 接：

教 师 心 理

教师心理健康六指标：(1)正确的角色认知。即能恰当地认识自己，并能愉快地接受教师的角色。(2)具有健康的教育心理环境。即在教育中情绪稳定、心情愉快、反应适度、情绪自控、积极进取。(3)教育的独创性。不人云亦云，能创造性地工作。(4)抗教育焦虑程度高。能忍受困难与挫折的考验。(5)良好的教育人际关系。能正确处理学生、家长、同事与领导的关系。(6)能适应与改造教育环境。善于接受新事物、新理念,不断适应改革与发展的教育环境。

《北京晚报》2005 年 2 月 27 日

沉下心来做教师

情绪有周期性

做教师，时间长了，常有一种坏习惯，那就是经常要用很高的工作标准去要求自己也要求自己的同事，还常常会对自己的同事作一些"某某教师在哪方面不到位"的批评。教师们长期以来对学生的要求也是这样提的，所以已经形成一种工作惯性了。过去有人说小知识分子文人相倾尤为严重，其实这不是"文人相倾"，而是我们个别教师对自己、对别人的工作定位不准确所造成的。

一个人（包括教师）总有喜怒哀乐，这种情绪产生的原因是多方面的，或家庭、或工作、或学生、或同事，甚至因为昨天丢掉一个钱包都能引发人的情绪变化。这种情绪反映到学校工作上，或多或少会使工作受到影响，其影响时间也会有长有短；同时一个人对自己所从事工作的热情和内心激发的动力，肯定也因不同时间、不同环境而有强有弱。这不知是否与人体的"荷尔蒙"分泌有关，不敢下结论。但是一个教师表现在工作上的情绪起伏，肯定是常见的事。

现实中的问题是，当一个教师成为骨干或哪一级的先进后，不管是领导还是同事，都在每时每刻用"骨干"和"先进"的要求去套，似乎他们什么地方都应该是"骨干"的，是"先进"的，常常弄得刚评上"先进"的教师不好意思。有的班组还出现让评上先进的教师用奖金请客吃饭的习惯。时间一长,许多教师就不喜欢这种"骨干"和"先进"的称号了,认为这是蝇头小利,每每开展评选,"风水轮流转"、"位子换着坐"的现象比比皆是。

一个教师被评上"先进"之后,他的位置一下子从"观众席"跳上了"舞台",于是其他教师就左看右看,横挑鼻子竖挑眼的,发现问题还真不少。

"怎么一个优秀班主任,最近班级管理有所放松?","怎么一个教学骨干,今年期中考的成绩还赶不上一个普通教师?","怎么一个干部以往的工作热情很高,如今提不起劲来?"

当有人问这些"怎么"的时候,我们可以反问一个"怎么",你"怎么"能用这样的要求来衡量一个教师? 如果一个人长期处在激情的工作中,不爆炸那才怪呢!

人类情绪的周期性是人正常心理、生理状态的反应。如果你一定要问"怎么",那还不如问问你自己,想一想自己的工作情绪是否也有过"涨"和"落"。

链 接:

为教师营造宽容的成长环境

"工作以来,除了第一个月相对开心以外,后面这段时间,我连笑是什么感觉都不清楚了……我感到我的生活没有阳光,一片黑暗,我觉得自己没有资格当一名教师……彻夜失眠,使得第二天精神不振,上课质量更差。教学工作做得不好,我自己觉得没脸面管理班上的学生……许多该做得来的题不会做,该讲得清的题不会讲,我觉得自己愧对教师这个称号,甚至当别人叫我'马老师'时,我真想叫他们别喊……按理说,作为一个数学专业的本科毕业生,教数学是不成问题的,可是我做不到……"

这是今年刚从四川师范大学毕业，以优秀毕业生的身份应聘到重庆市重点中学——石柱县中学任教的教师马某在日记里留下的一段文字。这名年轻漂亮的女教师在上班3个月后，于2004年11月27日上吊自杀，年仅22岁。

事件发生之后，扼腕叹息之余，留给人们更多的是震惊和追问——长相漂亮、大方活泼、工作出色，又没有情感纠葛的她，为什么、凭什么要走上这条不归路？

而留在她寝室里的遗书却显示：不能承受工作之重以致产生的严重的心理障碍，是导致其自杀的根本原因。由于教师职业的特殊性，教师面临的职业压力要比其他职业多得多：

一方面是来自于教育管理体制的压力。诸如职称评定、教师聘任、末位淘汰、按绩取酬等多如牛毛的考核评估制度，使每位教师都承受着前所未有的压力。

另一方面是来自于教师的职业压力，教师职业的特殊性决定了教师常常处于超负荷的工作和心理状态。教师扮演着为人师表的角色，这种职业的神圣感在客观上迫使教师不得不抑制自己的喜怒哀乐；同时，社会对教师的期望值越来越高，面对家长"望子成龙"的心态和不少学校"以升学率论英雄"的压力，一些教师背上了沉重的思想和精神包袱。这种过大的工作压力和在夹缝中挣扎的生存状态必然导致教师心理问题的产生。

《教育文摘周报》余光明

角色转换需要磨炼

一个青年教师刚从大学毕业，一下子就要从一个"被人教"的学生角色，转变到一个"教别人"的教师角色。时间之短，往往只是一天之间；过程之简单，也只有一张毕业文凭和一份工作录用通知。对于怎样做一个好教师，对青年教师们来说是一张白纸。

青年教师常常出现的问题是：用自己的"聪明"来衡量他的学生是否聪明，好象凡比不上他聪明的学生都是"笨"的；再则，用自己对事物的理解来要求学生用同样的方法去理解，如果不这样理解就是很"捣蛋"；还有，就是装模作样地在学生面前摆"老"，做出学生就是"我"的"学生"的样子。

当然，大学毕业的青年教师应当是属于"聪明"的一类了，根据高考的录取比例来看，做教师的起码在同龄人中间是佼佼者。如果我们要求我们的学生每一个人都像自己一样"聪明"，就是否定了人的差异；认为"学生不听话，捣蛋"，就是否认了教师与学生之间的年龄差异；"摆老"更是一种表面强大、内心孱弱的表现，是"大孩子"在耍"小孩子"脾气，学生们绝不因为你比他们大几岁而信你，服从于你，只有等你的某些能力在学生看来值得"佩服"之后，他们才会从内心深处尊敬你，服于你的教育。

有时候，我们还会看到，刚刚在班级里训了学生一顿，批评学生说他们不注意卫生今后必须怎么怎么的之后,跨进教师办公室的门口,就会剥一颗口香糖塞进嘴里,而随手把一张纸屑丢之于地上;也常会看到一些教师在办公室化妆打扮,学生门一开进来,吓得直往后退的现象;还有面对学生家长,被大胆的家长提问得满脸涨红的尴尬局面。

于是许多老教师和领导就责怪年轻教师的素质不高。甚至有的学校在招聘教师的时候,把应届毕业生排挤在外,因为他们太年轻、太没经验。

其实我们的青年教师从年龄上来说,跟学生一样,又懂事又不懂事,他们只比学生大一点点。我们年轻时做教师也是这样磨炼过来的,因此不要太多地责怪,也不要过多地批评。人的成长是要有一个过程的,角色的转换需要时间来磨炼。

"大孩子"长成真正的教师要靠他(她)自己的努力,也需要过来人的宽容和理解、指导和支持。如果用一个工作了十几年,乃至几十年的教师的标准来衡量青年教师,那么就是犯了青年教师对待学生的相同错误。

链接:

教师岗位成才三步曲

现代教育观念认为,教育教学过程是培养学生个性完美发展的过程,也是教师自身成长的过程。

任何一个成才者的道路都是自己开辟出来的。成才的起点要从实际出发,要根据自己的个性特点和工作实际,选择自己的发展方向。

教师工作的内容就是教学和研究,教学促进研究,研究提高教学。这是一条艰辛的路,也是一条成功的路。从实践经验中引申出来的那些固有的而不是主观臆造的客观规律,是绿色的、有生命力的;那些只是依照逻辑思辨的方式形成的干瘪的教条,总是灰色的、无生命力的。只要我们不是故步自封,妄自菲薄,就一定能够扬长避短,从脚下踩出远行的路。

　　一个教师的教学研究,往往伴随着他的成长过程而发生重点转移:以研究教材为主——以研究教法为主——以研究教育理论为主。教材研究的直接形式就是备课,是教师为完成教学任务创造条件的过程,也是教师自身充实和提高的过程。教学方法是要把教学内容中的情感和智慧转化为学生的情感和智慧,即教师指导学生进行精神生产的过程。教学方法具有实践性,能使教学工作具有程序性和操作性,还不具备普遍的本质意义;教育理论的研究是教师对教学实践研究的深化和升华,并非是一蹴而就的工作。

《教育文摘周报》

我看教师"跳槽"

教师的流动，十年前很少，那时被称为"工作调动"；现在就很多了，一个教师调往另一个单位，往往被称为"跳槽"。改革开放之后，人们对个人与单位之间的关系有了新的认识，从前那些以长期在一个单位工作为荣的观念正在演变，单位职工从单位人走向社会人已成为大家的共识，因而"跳槽"是常见事、平常事。

但是在许多人的心目中，尤其是在教育这个行业里，"跳槽"被看成是个人对单位的不忠；而一旦一个单位"跳槽"的人多了，就会被人说成"这个单位不够稳定"。

最近学校里传说，有几个教师要"跳槽"，问我怎么办？几位中层领导都很着急，一是怕骨干走了，质量下去；二是怕调出的人多了，学校的凝聚力受到影响，人心浮动。

其实这些想法是多余的。

一个湖，水不出就不能进，长期下来湖水就会变色、发臭；一个单位，人员不流动，那么这个单位也活不起来，也不会发展得很好。因此，在教育单位，人员流动也是件好事。

其实领导们担心的是骨干教师的流出。

骨干是什么？所谓骨干就是被单位领导看好的、激发了其工作热情，又确实做出一些成绩的人。因此学校的骨干都是相对的，在某一个学校的骨干到另外一个单位未必就是骨干。但当他本人发现领导们对他的看好、满意，对他的利益、嘉奖也只不过如此的时候，或是看到这里的发展已经无法满足他欲望的时候，他要走。大而言之也是对事业的负责，是情理之中的事；小而言之是教师对自己的负责，作为原单位（学校），又为什么要去阻拦乃至去劝说，让他继续留着呢？这样做的领导是呆子。

人蕴藏着的能量是巨大的，一个单位常常会有许多"没有被领导发现、看好、激发起他的工作热情"的老师。一个骨干调走了，学校的骨干空间又出现了，一些原本不是"骨干"的人，对自己的发展有了兴奋点，于是他（有时甚至是几个人）以高昂的态度去对待工作，激发自己的工作热情。这样算算，说不定这些同志所产生的能动作用会比那些原先的骨干要大得多、多得多。

一个骨干教师的调出，激发了另一个教师的工作激情，整个教育系统又将多一个教学骨干，学校还会继续拥有一批骨干，此等好事，还担什么忧，还着什么急呢？

教师跳槽不是坏事，哪怕是骨干教师。

不过话还得说回来，一个学校的领导，一定要为教师的个人发展作一些设计和指导，让他们处在一个对个人目标的追求之中，引导骨干教师不要把领导对他的看好作为个人的奋斗目标，应该积极向上、勤奋工作，只有这样，教师的工作激情才能够得到不断的激发，还能减少因调换单位而浪费在过渡适应阶段的时间。

链接：

稳定教师队伍的策略

树立正确的教师流动观念，变被动为主动。

1. 大教师人才观。在市场经济条件下，单位和部门拥有人才，并不是为了占有，而是需要他们为实现本单位事业的发展目标贡献才干。所以，公立高中要想吸引人才、稳定教师队伍，就应该采取多种方式，不拘一格。要把教师人才"用活"而不是"管死"，要坚持教师"为我所用"与"为我所有"并举。

2. 动态的教师人才观。市场经济是开放经济，任何人才都属于社会，而不为某一单位所固有。在市场机制的激励下，"水往低处流，人往高处走"，公立高级中学要为自己所需要的教师队伍构筑起让他们施展才干、取得成就、实现自身价值的舞台，成为市场机制下教师们向往的社会的"高处"，人才就会源源不断地顺流而来，任你挑选、使用。在保持师资队伍相对稳定的前提下，允许教师的适当流动，合理的教师流动，是好事而不是坏事，它有利于优化人才的知识结构。

不要把教师"卡死"在花名册上或一成不变地固定在某个工作岗位上，而是根据学校的发展，允许教师根据自己的知识结构，适时调整教学岗位。市场经济条件下，人才的流动是动态的，因此，公立高中要进一步加强师资队伍建设，就必须使教师队伍不断流动、不断更新，使整个教师队伍在动态中求得相对稳定，不断增强其竞争力。

3. 互动的教师人才观。要正确处理好引进教师和已有教师的关系。为他们创造公平的竞争环境，鼓励他们互学、互动、互励，在竞争中共同发展、共同提高。

孟令熙

宽容地看待教师

随着科教兴国政策的实施,教师的社会地位越来越高。我做教师快30年,但每每朋友聚会,说到有关教育或教师,朋友们常会指着"秃子"骂"和尚"。说者总把教师说得不很令人满意,说教师"会计较"、"很迂腐",或"自命清高",似乎教师是社会上很难结交的一个群体,因而许多人无意与教师结交朋友。

真是冤哉枉也!

教师与其他社会各界人士一样,都经过相应的职业训练(读师范大学并毕业),然后进入自己的工作岗位,并非是由一批本来就脾气相同的人聚合在一起,而使整个队伍交叉"感染"、恶习连连。社会上一些人把个别教师的脾气习惯推广至大多数教师,那是一种偏见。

现在对教师的社会衡量上面有两大误区:

第一,在一个企业单位里,本科生进入岗位就被称作"某工";在一个政府部门的事业单位,本科生入了岗位,就被称为"某科";惟有教师本科毕业进入学校被称为"某教师"。"某工"是工程师,"某科"是科员或科长,又肯定是管辖了一部分职工或一个部门的某一业务,"某教师"不是职称,也不是干部;在其他行业工作的是与成人打交道,而教师管的是一批"小孩子"。管成人的与管小孩的确实不能平起平坐,于是,我们教师一上岗就比人低了一档。更不要说百来人的企业有十多位大学生即够;二十多人的事业单位,也不必人人都是大学生;惟独这管小孩的,却必须人人都是大学生。因此从上岗以后的个人发展空间来看,教师与其他行业相比是最小的,人们却看不到教师行业的特殊性,教师不容易得到社会的认同。

第二,社会看教师,常常把教师当作一个单位里的一般员工看。因此当政府重视教师,教师的工资稍有提高的时候,许多人就认为教师工资高,由此对教师们提出更高的工作要求,或者就吹毛求疵起来。而在其他单位里,大学生凤毛麟角,人所仰望。两两相比,在教师岗位上的大学生与在其他行业里的大学生相比,待遇比人家差,压力比人家大。

如果说我们有的教师常在脾气上令人不满,那我公平地说一句,其实是社会衡量标准的偏差把教师的心态搞坏了。

我特别敬佩毛泽东的政治经济学分析能力,他的《中国社会各阶级的分析》就把人的经济地位与人对社会、对政治的态度联系起来。这是符合人的生存法则的。

教师们仅仅享受2 000元钱一个月的工资,每小时的课时工资只有10元左右,难道你要他们去思考一个月工资万元的白领阶层或公务员思考的问题?去摆那种"派头",来证明自己是非一般之人物?

教师的富有,只在于比其他单位的一般人员多几个学生罢了。如果在生活中没有那种白得其乐,没有那种"清高",那教师如何去求生存、去满足生活所赋予的意义?

所以我说,社会要对教育以支持,首先要宽容地看待教师、对待教师。

谁为教师减负

社会对于教师的要求是苛刻的。学过教育学的人一定还记得教材中这样的一个事例，美国的学校曾让学生填写他们心目中的教师标准是什么，统计结果表明，学生对教师的要求有：知识丰富、诚实、公正、亲切、幽默、正直、聪明等十余项。可见学生对教师的要求几乎是"完人、圣人"的标准。

而我们的教师也是遵循这一标准努力去做。他们认真负责、早来晚走，备课、上课、辅导、批改作业，回家又要加班加点。似乎全社会都认可这是教师无比高尚的奉献精神和敬业精神。可是人们忽视了教育工作的特殊性。教师工作的对象是学生，早来晚走的教师，带来的一定是早来晚走的学生。

教师的工作是繁重而琐碎的，同时他们的责任也是极其重大的。

各行各业都存在着竞争，目前中小学的竞争也相当激烈，这也加重了教师的工作负担。一些学校考核教师的方法，主要是考察教师所教班级的成绩，到了每学期的期末，像学生的排榜一样，各个班级的各科平均成绩以年级为单位，排榜印发给学校的每一位教师，并在全校大会公布。当然成绩旁标注的是任课教师的姓名，并同教师的聘用职称、工资挂钩。所教班级成绩不好的教师自然脸上无光，每月只有几百元微薄工资而又极认真的教师围绕着这根指挥棒努力工作。提高学生的成绩，差的要赶上，好的怕被赶上。

盛夏《中国青年报》2000 年 2 月 16 日

做教师压力真大

新年刚过,就接到初三一位家长的电话,说是某班几位家长相约,要与校长当面谈谈,未说明是什么事,也不告诉是哪位家长,显得十分神秘。

我约他们年初六上午见面。一个年头,心里总挂着一件事。

年初六上午,他们如约而来,共五位家长,前来诉说他们的孩子如何不喜欢这位语文老师的故事,又直言不讳地评说这位教师的"能力差"、"水平低"、"没有方法"。最后提出一个要求,希望学校采取措施,将该教师调换成另一位教师,免得学生深受其害。一位家长临走时还说了一句话:"校长,救救孩子吧。"

其实我十分了解这位教师,她的工作很努力,在教学的能力和水平上也并不像家长说的那么差,只是在与学生的交流中做得不够理想,与家长交流时,常常词不达意,再加上家长和学生的不信任,使她自己更手足无措。

一位青年教师,已经工作了七年,第一次尝试毕业班教学的滋味,工作正在"兴头"上,却要被家长"炒鱿鱼",不管怎么样,作为教师的她,所受到的压力是明里暗里的,这种压力常常把这样的教师的情绪搞坏,使工作的激情受到伤害。

有一份统计说"教师心理呈亚健康状态的已达到 50％以上。

这真的不是一种夸张。"

为什么教师会受到那么大的压力?

从家长来说,一个家庭只有一个孩子,孩子是一种希望,每个孩子都应受到良好的教育,家长们需要优秀的、有经验的教师来教育自己的孩子。家长们的希望和利益按理应得到满足,可是事实是,每一行业都有新老交替的过程,每个人的成长都需要锻炼和过程。

如果每个家长都要按自己想法去做,那么,青年教师还有没有第一批学生?如果家长都认为我们的孩子不能成为青年教师教学成长的牺牲品(在家长们看来),那么青年教师还有没有成长的机会?家长这样对待教师,未免也太苛刻了吧!

其实,青年教师跟其他行业的青年员工一样,他们还要谈恋爱,还要结婚,还要生孩子,还要管孩子,还要孝敬老父老母,更重要的是,他们还要通过实践锻炼来发展。如果师德的要求是把自己的这一切都置之度外,那么这个行业还会有几个年轻人愿意这样做?如果大多数教师都是因为无奈(为了就业)而去当教师,那么这个社会的"光辉事业"又将会怎么样呢?社会对教师的这种要求合理吗?

平心而论,教育事业,就现时的情况来看,还是一块净土,这是一块干净得令人不可思议的净土。一到校园,大多数学校最大的标语就是"一切为了学生",因此这里已经缺少了教师的欢歌笑语;女孩子已经缺少了对自己的打扮,男人们都无法在空余时间抽烟、聊天、打牌;几乎没有一个学校有可供教师中午打个盹的场所。这样的环境、这样的压力对教师来说是否有点过头?

怪谁呢?中国穷国办教育,人人都想享受优质教育,只能靠牺牲教师的利益来换取学生优质教育权的敲门砖。

怪谁呢?中国有句老话——"书中自有黄金屋",哪一个岗位不找学历高、资历高的人？连火葬场的职工都要达到相关学历！没有教师们的奉献，行吗？

最近网上流传一段关于"清洁工人"与"教师"的八大相同点和八大不同点的文字，非常搞笑，搞得教师们哭笑不得，笑的是还有网民同情教师，哭的是教师这批灵魂工程师与城市清洁工相提并论，真不知作者的意图是什么？

有人问我，如果让你对你的工作再作一次选择，你怎样？我说，我再也不选这"天下最光辉的职业"了。

我呼吁，社会要以平常心对待教育，对待我们的教师，尤其是青年教师。

链接：

人民教师与环卫清洁工人8大相同点和8大不同点

一、相同点：

1. 人民教师被誉为"人类灵魂的工程师"，负责打扫学生的心灵；环卫工人被誉为"城市的美容师"，承包打扫城市的道路。

2. 人民教师要"饱读诗书"、"饱览群书"，要"才高八斗，学富五车"；环卫工人每天清扫的垃圾数量也绝对不止五车。

3. 人民教师和环卫工人都是新一代名副其实的"追星族"，他们都要在清晨的星星消失之前去上班，晚上不到星星出来之后是不可能下班回家的。

4. 工资待遇接近。在地方政府的眼中，人民教师和环卫工人的工资都是不能超过社会平均水平的，要不然，环卫工人和经常被拖欠工资的教书匠之类的"工匠"，怎么只能挤破脑袋去购买偏远的经济而不实用的房子呢？

5. 工作特点类似。人民教师和环卫工人都要饱受"坐"、"站"

之苦,前者要经常伏案备课和批改作业,要经常站着循循善诱;后者要成天坐着垃圾清运车巡查道路,要站着清扫各种垃圾。

6. 工作环境类似。人民教师和环卫工人都在灰尘飞舞的环境下工作,不过前者是在室内的粉笔灰尘中主要用嘴工作,后者是在室外的尘土尾气中主要用手工作。

7. 都有类似的职业病。长期的"坐"、"站"、"吸"容易诱发腰椎间盘突出、下肢浮肿、支气管炎和肺炎等职业病,但是人民教师和环卫工人的这些职业病都没有权利享受《职业病防治法》的保障。

8. 职业精神类似。人民教师和环卫工人都要有奶牛式的职业奉献精神,他们每天吃的是灰尘,挤出来的是美好,只不过人民教师侧重于精神方面,环卫工人侧重于环境方面。

二、不同点:

1. 上岗要求不同。现在中小学教师的学历至少是大学毕业,而且要通过教育学、心理学、普通话、计算机等严格考试才能拥有资格证书。

2. 工作对象不同。教师教育的对象是个性千差万别的学生,学生调皮到了极点,也只能苦口婆心地进行理想与道德的说教。

3. 对太阳的感受不同。人民教师是"太阳底下最光辉的职业",这是他人对教师在精神上的鼓励和嘉奖。

4. 皮肤颜色明显不同。除了上下班的路上以外,教师接受太阳光辉的机会很少,其他时间基本呆在教室和卧室里,使得皮肤苍白如爱斯基摩人。

5. 交通工具不同。人民教师要么骑两轮的自行车,要么乘四轮的公共汽车上下班,而且一律是自费的。

6. 劳动工具不同。教师除了要有高分贝的噪音和沉甸甸的课本以外,至少必须有一支粉笔和钢笔。

7. 社会形象不同。人民教师要为人师表，要有师道尊严，要有80分以上的纯正普通话水平，却很少看到学校给老师配备一套职业服装。

8. 效益差别很大。教育是"百年大计"，投资多、见效慢，就是给你 n 个亿的美元，谁敢保证在三五天提高教学质量和市民素质？

百　度

质量的隐性和显性

在年终考评中，碰到这样一个问题，英语老师 A 对英语老师 B 的年终奖励超出他而提出异议。他的理由是平时教学完成情况一样，考试成绩也一样，为什么我的奖金明显地比他的少？ 学校考核小组所掌握的材料有四点：1）教师 A 平时操练抓得紧，学生很反感，家长指出，为了考试，他一共在期末的两个星期之内让学生做了二十多份试卷；2）在教研组的反馈中，教师 A 对教材的理解不深，就事论事较多；3）在学生反馈中，课堂教学不生动，学生对他有意见；4）课堂抽查表明，教师 A 虽对"教"教材很熟练，但课堂教学容量小，教材之外的内容几乎没有涉及。

在教学评价中，如何处理这种情况呢？

我认为这涉及到对教学质量的界定问题，对教学质量的界定是教育管理上一件十分困难的事，因为教学的效果和质量与其他工作不一样。首先是难以量化，第二是起点不一，第三是学生变化大。尤其是在质量呈现的形式上有两大特点。这就是，教学质量呈显性和稳性两种形式，因而有必要对这两种不同呈现形式的质量区别作一些关注和分析。

显性的教学质量，指的是看得见、摸得着的东西，在目前的评价体系中主要是指可以数量化的东西，具体一点是指考试分数。

隐性的教学质量，指的是目前看不见、在考试与分数中无法体现出来的东西。

我认为在教育工作中，这种隐性的教育质量有着比显性质量更为重要的意义。隐性教学质量的特点是它的深刻性，指的是被教育者所受到的深化在他的思想深处的挥不去、抹不掉的东西；同时它具有非物质性，这种非物质性指的是深远性，是潜移默化的，目前不重要，但终身重要，有超现实性的东西。

隐性的教学质量的取得途径：1)依靠教师在日常教学中的点滴影响，而不是刻意教的；2)可以在教师教学中超出课程或超出教材的范围。

张人利老师说，他的同班同学字都写得很好，且字体大致相同，当时也没有开设专门的写字课一类，也没有哪位专职写字老师进行过辅导，是什么原因使大家有一手好字呢？得益于当时的一位数学老师，这位数学老师的一手钢笔字、粉笔字写得非常漂亮，学生们都以之为师（写字之师），以学老师的字为荣，因而才出现这一情况。

因此，我们在评价一个教师的教学质量时，是否可以多研究一些"隐性"和"显性"的问题呢？把 A 老师和 B 老师的质量作一些研究。作为教师，也应该注意在教学中不断地提高学生的能力和水平，哪怕是无法在短时间内能反映出来的东西。

链接：

隐 性 知 识

根据知识能否清晰地表述和有效地转移，可以把知识分为显性知识（Explicit Knowledge）和隐性知识（Tacit Knowledge）。

显性知识是指"能明确表达的知识"，包括"可以写在书本和杂志上，能说出来的知识"。

隐性知识是另外一种非常重要的知识类型，它支配着人的整个认识活动，为人类的认识活动提供最终的解释性框架和知识信念，对于知识的创新和价值的创造发挥着重要的作用。同时，它与人们的生活、工作和学习有很大关系，许多实际生活中的"成功表现"都是以隐性知识为基础的。

国内对隐性知识颇具研究的学者是石中英教授，在其著作《知识转型与教育改革》中，专门有一章来论述显性知识、缄默知识与教育教学改革的关系。按照他的观点，这里之所以采用"缄默知识"这个词，主要是想反映这种知识长期不被承认、不受重视，同时也渴望这种知识能够重新获得应有的知识权力。

石中英认为，在教育教学过程中，存在着大量的隐性知识。从类型上说，既存在着教师的隐性知识，也存在着学生的隐性知识；既存在着有关具体教学内容的隐性知识，又存在着有关教授和学习行为的隐性知识，还存在着有关师生交往的隐性知识；既存在着与语言知识学习有关的隐性知识，又存在着与社会知识学习、自然知识学习有关的隐性知识；既存在着与教学过程有关的隐性知识，又存在着与教学空间有关的隐性知识，如此等等，不可计数。

作为教师，首先应该意识到隐性知识的存在、认识到实践教学的价值，然后使它显性化，并且在教学的各个环节考虑到相应的隐性知识。

　　　　　《隐性知识及其相关研究》黄荣怀、郑兰琴

教育要讲点"人情"

《三字经》有句话叫"养不教，父之过；教不严，师之惰。"几百年来人们都是这样说的。

凡事都是互动的，都应当有个分寸，父慈才能子孝，教师优才能弟子良，此其一；"教"与"严"不能太过分，太过分了效果有时适得其反，此其二。一句话，为师傅的都需要有点人情味。

如何做父亲，暂且不谈，这里谈谈做教师。什么样的教师才受学生欢迎？讲起道理来人人都懂，但一遇上实际就会出现问题，有时候"爱之深，痛之切，责之严"，一过分就会出现偏差。

例如：报上刊载某英文教师要求学生罚抄单词500遍，弄得家长与孩子为了完成任务共战斗，就是一典型的例子。罚抄，这一古老原始的做法效果究竟如何？我不得而知，但抄500遍则无论如何是不恰当的，用杜威的话说起来，这是将学习变成一种令人厌恶的"苦役"和"残役"。

学习是一种劳动，既然是劳动就必须花时间精力，要有意志力、持久力，但劳动要讲效率、讲报酬。学习并不是长跑，咬紧牙关坚持不懈就可以跑到终点。过去，我在农村种地，听报上宣传劳动模范的事迹，有位劳模宣称："小车不到只管推，一直推到共产主义"，我听了支部书记的宣讲，心里嘀咕："车行道上，不问路径、方

142　　　一位中学校长的教育旁白

向,不但推不到共产主义,而且有可能会推到马路沟里去,弄不好还会车毁人亡。"推车尚且如此,更何况复杂的学习,怎么可以盲目乱干一气呢?所以,我要求教师不要罚抄,无论哪一种,罚抄就意味着教师的无能。

其实,有些事情做得好不好,无需借助高深的教育理论,只要看它符合不符合人情就可以知道;只要分析这件事,常人能不能做到就立刻判断出真伪、优劣。最简单的办法是:你自己试试看,吃不吃得消,我不知道罚抄500遍一类不合人情的做法,如今在中小学还有多少,但可以肯定,这样的教师一定缺少能力。

要老师做事讲人情,校长首先要讲人情,三日一检查,五日一统考,批阅好成绩以后还要张榜公布或者电脑排名,并以此作为考核指标,弄得教师惶惶不安,同事之间犹如仇家,乌眼珠你看我我看你,那么,讲人情就无从谈起;有的领导常常"思出其位",自己教数学的偏要指挥语文教师该如何教,自己教语文的偏要充当英文专家,干涉别人的教学。其实谁都知道:天底下哪有"万宝全书"?校长硬充万事通的专家,教师面上不表啊,心底里只会生出轻蔑之情。

所以,我的结论是:教师讲人情要从学生角度考虑问题;家长讲人情,要想一想孩子整天做习题、背公式,每天几套试题是否来得及消化;校长教导主任们讲人情,要设身处地为教师想一想,不要给他们太多的压力。

"人无压力轻飘飘,井无压力不出油,"但压力太重反而会坏事。还是孔夫子说得对,"过犹不及"。当然,天下事说起来容易,做起来难,校长也有来自上面的压力,所以,局长乃至部长也要讲人情。

第四章

子贡曰："然则师愈与？"
子曰："过犹不及。"

———《论语·先进》

教学即服务

教学即服务

教 学 即 服 务

　　"教学即服务"这一命题好像与传统的"传道授业解惑"不很一致。"传道授业解惑"是千年的古训,也是人类有教学以来的一个定义,它们都指明教师与学生在教学过程中的关系。前者强调师生关系是以学生为出发点的,即让学生在学习过程中成为教师的服务对象;后者强调教师的作用是"传"与"授"。其实如何"传"、如何"授"就是一种态度,如果非要把它看成是服务也未尝不可。因而两者之间也没有多大差异,因为"服务"之中不排除"传"和"授"。它们之间的差异只在于,服务是上位概念,"传授"是下位概念而已。

　　但是要真正树立一种"教学即服务"的观念,那也是很不容易做到的。传统意义的备课,只考虑教书的方便,因此所有为课堂准备的材料,常常以教师上课时够用、能讲清楚课程内容为要,也就是只为"传"、"授"而用。这种观念时时刻刻影响着我们的教学准备。

　　例如:现时的体育课讲究的是根据学生的个性设计教学内容,这是"二期课改"对课堂教学的要求。课堂不再是教师一教到底,也不再是一个项目一教到底,而要在课堂内设计一些个性化的"自由活动"。

那么我们老师又能为学生做些什么呢？设备准备好了吗？器材够用吗？学生喜欢吗？这三个问题有的教师考虑得很少，只想到要让学生"自由"。没有足够的器材，更没有创新的形式，学生流于"自由"，课前准备的不足演变成了教学时间的严重浪费。这些做法的问题就出在"传"和"授"的态度上，它只想到的是教师，没想到学生，这样的教学，就谈不上"服务"。

　　按理说实验课是师生互动的最佳时机，可是人数怎么安排？要使用多少时间，需要多大空间？需要多少材料？教师都想周到了吗？如果我们有的教师还一头埋在教科书里，备课的时候，只想到概念如何讲清，题目如何完成，而想不到学生那一头如何实验、如何操作、如何让学生发现，那么像这样的教学准备工作，就是没有把握好对教学环节中为学生服务的功能。这就不能说是"以学生为本"的教学服务。

　　"教学即服务"就是把眼睛盯住学生。学生的需要就是老师关注的重点，是需要教师去做、去服务的。学生的实践活动不是用来证明你的教学概念、教学活动成功的，而应该是教学的目标和任务。教师在学生活动中的作用就是"服务"：为学生准备好他有可能需要的或是一定需要的东西；为学生启发你已经想到但他们可能没有想到的问题；为学生解答他心中无法解决的、而对你来说是十分简单的问题；帮学生找到问题的答案。这样做，才是"二期课改"理念下"以学生为本"的教学要旨。

编试题和炒试卷

近几年来,生活和工作节奏都加快了。学校工作也不例外,连学生做作业的节奏也加快了。现在学校作业已不同于以往,一是作业量多,二是作业形式起了变化,学生的作业已不必再抄写题目,只要在一份完整试卷上作答就可以了。

学生做作业的节奏加快,必然要求教师命题的节奏加快。最好的办法是每门学科每周甚至每天都有试卷做做,解决来不及出题的办法就是买现成的试卷。

20世纪80年代,温州苍南的不少"老板",以印试卷卖试卷发家。据说现在许多新华书店的年度收入中,试卷、习题集成为增效最快的内容。出版社要抓效益收入,于是试卷、习题集一到,其他书籍再重要也要让路。从目前的情况看,学校为每个学生所订(现在要求征询家长意见后订,但学校老师发了话,家长哪有敢不订的)的习题,少则五六本,多则十多本,一年里家长要在这方面承担的费用不少于百元,毕业班学生的试题集更多,"一课一练"、"精练"、"导学"等等,充斥于学生的书包。

这种习题集在快节奏的社会背景下,帮了老师许多忙。一节课上完后,不必再为学生苦心钻研准备作业,只要说明在"A册"或"B册"的某一页上作些修改调整就行了。如果仔细观察,我们还不难发现,这几年教师的命题能力正在减弱,批阅作业的时间正在增加;从学生方面看,学生的书写能力在弱化,作业负担越来越重。

两年前有个江苏泰州的化学教师来我校应聘,他带来了这几年他辛苦完成的四本由新华书店发行的习题集,可谓是一个编写题目的高手。在他看来,这就是他的教学能力和水平,但我们当即回绝了这位老师的应聘。一个学校有一个教师这样做,还只是一门学科而已,如果有一批教师这样做,那不苦了学生才怪呢!就是因为有这样的部门、有这样的人,使新华书店里习题集满天飞,学生书包里塞的大多是习题集,我迁怒于这位老师。

今年期中考试前,教导处委托一位年轻的语文教师为初二语文命题,结果,样卷就错误百出,教研组长让他修改了两次还达不到命题要求,搞得大家十分尴尬。于是我又想到了这个教师,尽管他这样的人编了许多题目而害得许多人不再编自己的题目,但是这毕竟要花他许多精力,去认真钻研教材,这比起那些不动脑筋、只靠买试卷过日子的教师不知优秀多少倍。

我们是否可以来一次对试卷的革命?在学校里杜绝学生订习题集;学校的文印室杜绝教师翻印购买的试卷(习题);凡布置给学生做的,必须通过教师自己的设计和思考,并由该学科教师编成习题。

命题和选择题目是教师教学工作的一个重要方面。一个教师对教材的研究、对课程标准的领会,都可以在试卷(习题)中表现出来。而且教师在教学后编出的题目,才真正有针对性和实效性。

编制作业是一项繁重的工作,因此教师不可能天天编;又因为教师不可能天天编,于是学生的作业量就会减少。教师的自编题往往有针对性,那么学生的作业就显得少而精。这不是实实在在地减轻了学生负担,提高了教育质量,也减轻了教师批阅试卷的负担吗?试卷买得少了,家长开支也会大量减少。

有个性的教师受欢迎

让学生素质全面发展,同时具有鲜明个性,这是对学生发展的整体期望。而学生的个性发展离不开教师教学个性的发展,只有具备教学个性的教师才能真正培养有个性的学生。

首先看看教师"教学个性"的重要价值。

苏霍姆林斯基曾说过:"一个无任何(教学)个性特色的教师,他培养的学生也无任何特色。"在经过相当时期的教学过程后,学生被教师个性所熏陶,大到思考问题的方式,小到作业习惯。都受到影响,乃至有人认为,从学生身上可以看到教师的影子。因此教学个性与学生的个性培养一旦联系起来,就会显示其不可忽略、不可替代的价值。

但是,有些教师不是这样,他们一直在当知识的搬运工、教科书的传声筒,成为他人教学技巧的复印机——没有自己个性,"教书一辈子,培养出来是书呆子"。教师如果把个人良好的个性融入教学、创造性地组织教学,不仅培养了优秀的人才,而且自身的个性也在教学过程中不断提升、凝炼,使教师个人的需要得到高层次的满足,从而激发教师的教学积极性与创造性。因此,教师教学个性的形成也是教师自身教学创造性的积极激发。

要使学校教学质量高,得到各方满意,其中一个重要的做法就是让教师在教学过程中各显特色，不是被动地遵命教学，而是独特地去研究大纲、理解教材，发挥自己的个性特色，创造性地开展教学工作。现在办学都讲究学校的办学特色，那么教师教学个性的成熟就是学校办学特色的标志。

良好的教师群体与优良的教学文化、课程文化，将会对教师教学个性的形成和发展造成极大的影响。教师之间需要感情融洽、互相关心，真诚地进行帮助与合作。有时候有的教师自身不易察觉自己的教学个性，所谓"当局者迷，旁观者清"，其他教师可为其指出，然后给予真诚的帮助，相互之间也就具有健康的竞争意识，各人在各自的兴趣与特长方面努力发展，相互有比、赶、帮、超之心，而无妒忌之意，善于学习别人的长处。教师在这样的集体中学习、工作，才能使自己的教学个性尽快显露出来。

其实在学生方面，学生更喜欢那些有自己独特个性的教师，那种人云亦云、刻板呆死的教书匠是决不会被学生欢迎的。

链接：

张扬教学个性

没有教学的个性，怎么会有学生的个性？如果我们的教学像生产流水线一样生产，像计算机程序一样运行，我们学校的"产品"——我们的学生，会是怎么一个样子？

尤其重要的是，我们第一线的每一个普通教师是不是也可以有自己的教学个性？一个成名了的教师，大家可以"读读、议议"，也可以"讲讲、练练"；具体到第一线的普通教师，约束便多起来。讲多了，是"满堂灌"；讲少了呢，又成"大放羊"；讲得动情，似乎有点自我陶醉；上得理智，能否打动学生？于是，我们开始设定框子，编织套子，排定程序，先造程式化的教学，再铸程式化的教师，最后便培养出了一批大同小异的学生。

　　而实际上,不同的教师有不同的教学风格,有的以幽默诙谐见长,有的以逻辑严密著称;有的善于以雄辩的口才打动学生,有的则以漂亮美观的书法吸引学生,各有各的特长。没有个性,就没有人才;没有教学个性,就没有课堂的生命。

　　素质教育的核心在课堂,让课堂焕发出生命活力的根本在于张扬教学个性。确实到了该认真研究教学个性问题的时候了。

　　　　李希贵　《中国教育报》2002年3月28日第2版

教师仍处于主导地位

在二期课改"以学生为本"的思想指导下,教育的理念、方法、手段都在发生着深刻的变化。专家们正专注于对课程、教材以及它所体现的思想进行研究。

不过据我观察,在教学操作层面上的研究却显得十分薄弱,使教学第一线的教师也仅停留在理念、模式等相关问题的研究上,缺少对教学环节的研究,有的教师甚至把教学中必须讲究环节称之为传统,或者索性置教学环节不理,那实在是一种错误。

教学过程的环节分别为:备课、上课、辅导与作业、复习与考试。

我认为,班级授课的形式不会改变,那么教学过程的环节也就不会改变。尽管在强调效益的社会里,在人口膨胀的历史背景下,班级人数的增加给教学带来的负面影响已引起教育界的足够重视,但课堂教学模式长期以来形成的高效性、规范性已为大家所接受。

有课堂教学模式的存在,就有"授课"两个字,这"授"字就是一种主动行为,"授"者"传授",即一方将一种物质(包括非物质的)传递给另外一方。课堂里就有教师和学生的存在,教师就是实施教学环节的执行者。

第二，教师作为一个由政府培养并授权的教书育人的形象和地位，是不会改变。教师在教书育人中的形象，是《教师法》所规定的，是政府对教育行业的一项道德与业务规范，教师工作的规范就是教育、引导、培养学生。与此同时，政府已在教师身上作了投入（举办师范大学，培养师范学生，给师范生以生活补贴），因而教师在教学过程中的权益是一种特殊的形式，是政府给予的形式，这种形式体现在教学过程各环节中就是教师的主导作用。

从这个的意义上说，教师在教学过程中的主导作用是一种以法规形式存在的作用。

第三，教育传授社会文明、促进文化繁荣的功能不会改变。学生进入学校是为了求知，在教学过程中，他的角色就是一个求知者。不管他已有多少知识和能力的积累，就这一段教学过程来说，他总是从无知到有知，从知之甚少到知之甚多。这就决定了学生相对于教师的一个地位，这种地位如果撕去了理想主义的外衣，那么剩下的就是：学生是一个学习的主体。教师和学生的教和学的关系仍然不会变。

因此，我们教师在理解"二期课改"的思想，在投入"二期课改"的教学实践时，要研究、思考、理解教学过程的每个环节，以及知识观、价值观、人才观、质量观等所赋予这个过程的意义；继续发挥好教师在课堂教学中的主导作用，将"以学生发展为本"的思想落实到教学过程的各环节中。

一般情况下，教师与学生相比，教师是先知者，学生所欲取得的知识能力大多通过教师在课堂的"授"而取得。教师和学生在个体的地位上仍有着"授"与"受"的地位差异，有着"师"与"生"的差异，有着"教"与"学"的方式差异。

例如备课，学生参与教师备课，是对教师传统备课方式的否定。我听过一节政治课，上的是关于改革开放的内容，任课教师在课前让学生(部分)参与对课程的设计,师生共同完成了对学生家庭改革开放前后经济状况的调查,从而引发学生对这一节课的关注,培养了学生的能力,提高了学生的学习兴趣。这一节课与其说是让同学做了一次大量的课前准备,还不如说是让学生们一起参加了教师的备课。

同样是一节政治课,上的是关于遵纪守法的内容。

上课了,老师问学生:"上个星期布置了'学校的规章制度',你们看了没有?"老师见没人回答,又说,"哪些同学根据要求把'学校的规章制度'带来了?"

仍然没有人回答……

教师把学生的课前预习作为一次作业,这本来没有错,但是实际效果很差,也许这些关于学校规章制度的文字材料学生根本找不到,或者学生们根本不知道要看些什么,更不知道今天上课将用这些材料。这样的课堂"冷场"是在教师备课上出了问题。教师的要求不能成为学生的课前活动指导,这就叫作备课中师生关系脱节,根本就谈不上"以学生发展为本"。

我们可以把学生的预习作为教师备课的一个部分,要让学生知道接下来的课的目标和大致内容,这样的课前准备才能收到良好的备课效果。

师生的共同备课,提高了学生的能力,增加了学生对相关知识的理解和掌握,也增进了学生与教师的情感。因此要是有些教师经常埋怨学生不够配合,那么我们应该自问:在教学的这些环节中,你是否树立了"学生发展观"?

如果着眼于学生,将"为学生发展"作为我们的目标,那么就会产生一些新的矛盾。比较突出的矛盾是:因为课堂教学是随机的,学生需求也是随机的,唯有教材才是稳定的,于是就会出现"是学生牵着教师走,还是教师牵着学生走"的问题,如果以学生需求为目标,那么教师备课是否会出现茫茫大海无所适从的现象呢?

这就是备课最关键之所在了,也正是"二期课改"给我们教师提出的新挑战。"教师的权威和主导作用不再建立在学生的被动与无知的基础上,而是建立在教师借助学生的积极参与以促进其充分发展的能力之上。"(联合国教科文组织《从现在到2000年教育内容发展的全球展望》)

教师的知识面、教师的应变能力、教师敢于在学生面前坦述某一知识不足的勇气,都是解决这个问题的关键。

以新综合科学为例,要让一个生物老师来上"电路",那绝对是对教师的一项严肃挑战。一般而言,教师们主要担心知识出问题、概念出差错。这类还是在大学时期学过的知识,对一个从事了多年中学某学科教学的教师而言,怎有可能驾轻就熟呢? 于是好学谦虚的老师先问自己几个为什么,再去翻阅一些相关的物理教材,或向其他学科的老师请教请教,自己先把这些内容重新学习一遍。这样的备课,教师肚里有货,心里就踏实,学生的问题都能游刃有余地解决,教师就不会被学生"牵着"被动地走。这样才能体现"学生发展为本"前提下的教师主导作用。

链 接:

教师不能丧失主导作用

以学生为中心,突出学生主体参与是当前最响亮的声音,于是课堂上一个接一个的问题被提出;说到让学生思考,课堂便少了教师讲的内容,多了教师在学生中间转来转去的身影。

新课程改革条件下,教师角色转变,是必要的,甚至是必须的。但教师角色转变和调整必须围绕"全面发展"这一核心。

课堂教学中,教师角色转变这一问题,我们既不能固守传统,也不能排斥传统，更不能让教师的主导性丧失，导致学生主体性地位绝对化，以及学生绝对自主。强调发挥学生主体性，并不否认教师对学生发展的重要主导作用。

教师的主导作用和学生的主体性不是对立的关系，而是统一的关系，统一在"促进学生发展"这一关系下。教师主导作用要通过学生主体性来体现，学生主体性要教师主导作用来完成，教师角色转换是在主导作用下的转换。只有这样，才能让学生有收获。

"满堂灌"忽视了学生主体性，"满堂问"也不能让学生发挥主体性，"满堂转"也不是主导性与主体性的和谐统一。必须在促进学生发展前提下，考虑教师角色转变的问题。

貌似利于学生发展或不利于学生发展的教师角色转变，要慎重对待，不宜提倡，更不宜实践。要注意围绕学生发展这一点，把不合理、不科学、不适合我们国情、与我们的教育指导思想不相符合的内容摒弃。

《中国教师报》

教师要学会概括

新的教学理念,打破了传统的教师"讲"、学生"听"的格局,打破了教师第一、教材第一的格局,课堂变得生动起来,师生的互动成为课堂教学的主旋律,课堂教学渐变为教学组织活动。

我之所以称课堂教学为教学组织活动,是因为在新的教学理念下的课堂里,学生是主体,而教师只是负责组织、领导及策划而已。

在教学组织活动中,中心问题就是学生的发问。学生在习得过程中,已有知识与新知识产生冲突,又会在新知识与新知识之间产生冲突。教师的责任就在于引发这种冲突。没有冲突的"教学组织活动"是没有生命力的。

应俊峰教授在他的《研究性课程》一书中指出:"在教学中,教师不再作为知识的权威将预先组织好的知识系统传递给学生,——另一方面,教师为有效指导学生,需要揣摩学生的思路(指不是已被科学证明是错误的思路),理解学生的思路,然后根据学生的思路进行方法论方面的指导和帮助,但又不宜过多介入,给予学生充分活动和展示才华的空间。"

在学生方面产生各种冲突之后,教师就应引导学生进行研讨。但是学生的冲突是随机发生的,有时是超出教材的,有时还会超出学科领域。因而,那些可以研讨的题目不会和教师原先定好的题目吻合。高明的教师其高明就在于能在杂乱的问题中进行概括和提炼,独树一帜地提出问题,让学生能在教师的指导下充分地研讨,这才是我们所应该做的"教学组织活动"。

但有的教师,常常不是这样。

前一段时间,观摩了市区一知名中学的语文研讨课《马来的雨》。教师要求学生去研究、去质疑,然后组织学生讨论,所有的问题没有让老师来概括,使课堂缺少真正的组织,虽然在学生提出一个个问题都得到了解决之后,表面上看起来在这样的课中,学生的冲突显然是有了,但一篇精美的散文就此"解体"。我们要思考的是:教师的作用哪里去了? 导致学生对"马来的美在雨"、"马来的美应该在雨"二句之间的关系和精髓,以及"马来的风景,马来的风情"之类统揽全文的语句理解得不透不彻。

课堂的中心就是发问,多人多次的发问之后必须要有教师的高明概括。

在《教育学》的有关章节中,我们读到过关于"教学机智"的概念,这种"机智"就是在"教学组织活动"中教师对可能发生的问题所采取的随机处理方式。教师应该把引发学生的冲突看成教学组织活动的中心任务,又把对学生冲突的编排和概括作为责任,在课堂中引导学生从散乱走入统一,从浅表走向精髓。

如此之多的问题,绝对是不能"一揽子"解决的,越是成功的教学,越是有许多解决不了的问题,那么留个"?"放在课后,就是一种最佳的课内外互动的课堂教学形式。

天下没有不散的宴席,当下课铃声响起的时候,课总是要结束的。意犹未尽的课确实有,但每一节均要意犹未尽,那就是"苛求"了。每一节课常常有许多疑而未解的问题,对这些问题教师绝不能视而不见,也不能一笔带过,留下最精彩的问题放在课后,这是课堂教学所必需的。

我们许多教师都很尽力,力求把问题解决在课内,力求把问题解决得很好,似乎上课的结构从来就是"复习、研究、总结"这样一成不变的过程,好像没有总结的课就不是好课,问题没有解决的课就不是好课。

其实,这实在是一种误解。

课堂教学都有一个教学目标,还有难点和重点之分。难点在哪里确定?在什么时候确定?一般情况下,教师们在事前就定好了重点和难点,我们把这称之为备课,也可以称为"预案",这种预案有其合理的一面。既然课堂的难点和重点是在学生的认知冲突中表现出来的,它的表现形式是随机的,也是很难和我们事先的"预案"吻合起来的,所以有一些问题,对大多数学生来说是措手不及的,甚至对于教师来说也是措手不及的。那么留下问题,岂不是两全其美的办法吗?

学生对这种留下的问题,有意犹未尽的感觉,能引起学生对当堂课的回忆和思考,引起学生课后研究问题的兴趣,又能激发学生解决问题的激情,这是一件好事。

教师不管是有意还是无意留下"解决不了的问题",课后的思考、深入的钻研,甚至是师生共同探究问题时乐趣的共享,这就不单是教学而相长的收获了,更重要的是,教师还能在这种解决自己之"惑"的过程中成长,可以得其乐趣。

链接:

课 堂 讨 论

我觉得,课堂讨论应该注意以下几个问题:

(1)需要讨论再讨论,不需要讨论就不要讨论。就是说,讨论这种教学方式最好事先不要定得太死,有时候可以临时决定组织讨论,有时候可以取消事先准备的讨论,全看学生有没有需要,讨论有没有实效。

(2)有不同意见再讨论,没有不同意见就不要讨论。有不同的意见,才需要交流。讨论是为了听到不同的声音,以便互相启发,若众口一词,那就不是讨论,而变成表态了。教师发现学生对一个问题有不同的见解或不同思路的时候,组织讨论,效果较好,意见的反差越大,越容易激起学生兴趣。若大家看法相似,组织讨论,实际上就不能提供多少新信息,会浪费很多宝贵的教学时间,不如干点别的。

(3)有真问题再讨论,没有真问题别讨论。所谓真问题,指的是学生确实不明白而且想弄明白的问题,他发言是为了满足自己的求知欲,而不是为了讨老师的喜欢或者应付考试。也就是说,真问题是学生自主发出的问题,而不是教师设置的问题。当然,如果教师布置的问题恰好是学生想知道的,那更好,那说明教师教学水平高、了解学生。若做不到这一点,教师在讨论时宁可在一定程度上"跟着学生跑",让学生议论他们真感兴趣的问题,只要离题不太远就可以。有时候即使离题远了,教师也不要急于刹车,因为这种讨论虽然不会立即带来本章本节的具体收获,但是对学生的可持续发展很有利,能锻炼他们的思维能力、表达能力,提高他们的学习兴趣。

教师佐证学生的假设

在我们长期的教学习惯中，教师的知识是封闭的，它的作用主要体现在教师对教材的深刻理解上，体现在教师对教材的问题发现上，一句话，教师的知识和能力是对"教材的观点"起到铺垫和佐证作用的。教师在讲台上成为演员，学生在台下作为观众，出色的演员给学生留下深刻的印象，平凡的演员在学生那边是云过烟散，于是，抄、记、背、默成为学生复习的主旋律。

这样的教学，确实少了对"学生"的照顾，也谈不上"以学生发展为本"了。

"二期课改"的理念要求我们的教学从学生的需要出发。当学生出现一次又一次的冲突和迷茫之后，当他觉得自己的材料严重不足的时候，我们教师的责任就是立即分析理解他的需求是什么，他需要找到什么样的解决问题的证据和材料？

这时候，教师就应该明白自己应当为学生作出努力，教师要用足够的材料，为学生的"正确"观点提供一些佐证，为学生"不正确"的观点提供一些反证。

几何教学中，学生常常能为自己提供一个假设，但他自己又没有办法佐证，这时候教师就应该马上给他提供一条辅助线。

在物理教学中,学生为了证实水的浮力,在自己没想到更多的办法时,物理老师马上为他提供半个雪碧瓶子,为其解"惑"。

在音乐教学中,学生要学唱一首民歌,当起调有些困难时,音乐老师马上为之弹奏一节这首歌的旋律。

于是教师和学生在课堂教学中就融为一体、相得益彰。

从年龄、知识结构、知识量的角度来说,教师应比学生有更多的知识和能力来理解教学过程中出现的一些困难和问题。因此,将教师自己的能力、知识以及准备的材料作为学生理解观点的佐证,以解决教学过程中的问题,是完全可以做好的。

课堂教学中,我们有的教师常常在学生发出"SOS"时候,显得束手无策,常有山穷水尽之感觉,常会产生无助的尴尬。这就告诉我们,教师应该学习更多的东西,掌握更多的知识。

课堂教学是师生互动的一个舞台,教师的眼光应盯在学生那边,盯在学生的疑难和困惑那一边。如果这样做到了,就不单单是教师课堂观的一种转换,还是新型师生关系的一种良好形式。这种师生间的互动、师生情感的交流就能取得最佳的效果;这样的课,才能称为真正意义上的"以学生发展为本"的"教学组织活动"。

链接:

解决问题的途径

① 在上新课前,师生共同完成预习题;

② 师生共同探究课文内容;

③ 每堂课留5~10分钟时间让学生提出问题,师生共同讨论、寻求答案,对提出问题的同学给予表扬,鼓励所有同学都提出

问题；

④ 如果遇到有课上不能解决的问题，可把问题留到课后，通过查资料、上网、与其他教师商量、师生讨论等途径解决问题。

朱黎明

树立"底线"意识

在教学中,我们的教师,常常为班级里学生不能齐步走而烦恼,教学中的许多知识能力要求,在四十多个人中,有人"吃不了",有人"吃不饱",照顾了"吃不了"的学生,就会有更多的"吃不饱"的学生。

一位从大学走到中学岗位的教师,在他做中学教师快半年的时候,向我提出一个问题:教学目标到底定到多高才是合适的。

我理解这位教中学的大学老师的苦衷,那就是如何照顾全体学生。这是一个我们经常研究又得不出结论的议题。

教学专家们提出分层教育,那又是一种被理想化了的东西,课堂时间这么少,学生又是那么多,教师工作如此之紧张,分层教育如何分?分了以后如何教?这些都难以解决。于是大量的"落后生"出现了,学习越落后,学生自己厌学情绪越强,家长的信心也越不够,教师就更烦心。

因而在教学中树立"底线"意识,是在现时班级制课堂教学模式下的一项解决教学目标高低的重要措施。

在一份关于德育的论文中,我曾经读到关于"道德底线"的论述,它指的是在德育教育中,要求每位学生在思想品德与行为规范上达到一定的法律底线,而不是一味地高要求。确保这种"底线"

之后，再因人而异地考虑先进性问题。

这一理论不妨可以引用至我们教学环节中关于作业和辅导的领域。每门学科都应该有个"底线"，这个底线应在教材标准的框架之内，能够使每一个学生都掌握，它应该直白、明了。

记得恢复高考第一年的文科类数学高考试卷中，有一道关于二次函数的题目，这个题目就是教材上二次函数的例题，编试题者只作了一些数量的改变，实在浅显而简单。

也许编考题者认为，对文科学生来说，能掌握最简单的二次函数式就可以了，这就是底线意识在高考中的体现。一个文科类的大学毕业生，在今后从事的工作中对数学的许多深奥的东西不需要也不必要掌握。

既然如此，为什么我们在常规的教学要求、作业设计中没有这种分类，没有这种底线意识，而认为一定要增加教学难度呢？

因材施教是教学人性化的一个重要议题，"因材"就是"因人"，"因人"就是"以学生发展为本"，就是不同情况分别对待。对于大多数人来说，不管他今后从事什么工作，对于各类学科的知识，他只需要有一定的素养就行了，在难度方面并非越深越好。当然话得说回来，有了底线，可能只照顾了一批"吃不了"的学生，对于那些"吃不饱"的学生或是某一学科的尖子学生而言，"底线"意识对于他们是没有什么意义的，他们需要的是对这门学科更深入的了解和掌握，那就另当别论了。

链接：

课堂教学"夹生饭"现象令人痛心

黄光扬教授把自己了解到的"低效教学导致学生负担过重"的情况告诉记者。

目前许多中小学课堂教学的现状，还不很令广大学生和家长感到满意。"比如，教师追求课堂教学进度和学习难度，没有关照多数学生的接受能力；教师把重心放在例题或习题的讲解上，而不是基本概念和基本原理的理解；教师把思路和精力放在题海战术上，而不是放在学习方法、理解技能、举一反三以及触类旁通等方面；还有，一些教师缺乏基本的教学技能和教学机智，对着教材内容照本宣科或平铺直叙，几乎成为百分之百的"教科书主义者"。所有这些，都可能造成学生学习始终处在一知半解的状态，始终处在被动的学习状态，特别是，学生每天面对各科教师所布置的大量家庭作业，完成作业都来不及，哪有时间进一步看书和理解，碰到难题要么放弃，要么浪费时间瞎做一番，结果是学生睡眠的时间越来越少，学习问题越积越多，学习兴趣越来越低，学习效率越来越低，学习信心越来越少，学习焦虑越变越大，学习负担越来越重。"

《中国教育报》 2006 年 1 月 29 日

试卷成为课堂的补充

在教学中,许多教师已经把试卷看成是武器,是面对学生的最有效武器。教师对课程和教材的把握,以及教师对这些题目的敏感性,包括教师的个性特色和聪明才智都体现在试卷上了。因而可以说,试卷是教师对教学的一份答卷,是教师将教学过程予以书面化的最高形式。

学生们已经做惯了试卷,对那些能把题目出得又难又巧的教师,戏称为"某老师真刁","某老师太搞脑筋"。而他们做题目时常常在暗中设定一个"敌人",完成了试题,就是消灭了"敌人"。

长期以来,这种师生对应的命题答题方式,充斥着整个教学过程。教师们的杀手锏就是:"明天某节课考试!"学生们只得被动应付。这种做法不符合二期课改"以学生发展为本"的思想。

我认为,试卷应成为课堂的一种补充。

教师的命题要为形成学生的学习习惯、学习方法、掌握学科的知识和能力服务,为课堂教学的不足作补充。

因此在组织试卷时,我们应该带着这样一些问题:这单元(章节)的主要内容是什么? 学生容易出现误解的是什么? 学生平时喜欢研究的是什么? 课堂教学遗留下来的有意义的问题是什么?

这四个"是什么"均可以作为试题编制的旨要。在这种思考下编出的考题，可以补充教材内容体系上的不足，也可以补充课堂教学中学生了解不透而遗留下来的问题，还可以补充课外没有机会解答的问题。这样的考试学生喜欢，当然不会成为学生的沉重负担。

从试卷的编制来说，我们还要考虑这些问题：如何让学生拿到试卷后心里不烦；如何让学生看到试卷感到亲切、感到熟悉。最好的办法是改革试题的编制，使文字的表达更有情景感。

这里说的"情景感"是指试题上的内容和语言要引发学生对平时学习情景的回忆。

例如：在试题的表述中是否可以采用下列方法表达："在某时我们曾研究过关于……的问题，同学们对此产生了不同的意见，在学习……内容之后，依你看……应作如何分析？"学生接触到用这样的语言来表述的题目，思绪一下子就能回到那时、那景、那物、那人，心理上的烦恼和紧张可以得到有效的解除。

我们再来看看考试。考试是一个场景，它不同于课堂教学。课堂教学中有教师、同伴做自己"对话"的对象，而考试时学生的对话对象是"试卷"。从这个意义上来说，考试这一个教学环节，是一次无声的"师生对话"，而决不是简单的教学总结，它是包含在教学过程中的。

从学生考试时的心理来说，拿到试卷心里就烦、就慌的学生大有人在，怪不得每次考试结束，成绩不好的学生大多说自己是"考得不好"，都不愿说"学得不好"。

因此我们有必要在考试的环境上作一些调整。

考试应该创造一个让学生心情放松的、有利于学生的环境。那种监考教师一前一后，并不断走动，视学生为"敌人"的监考之风只会增加学生的负担。开考前教师的一张笑脸、一句安慰，考场的通风、周边环境的安静都是我们考试组织者所应该作的努力。

教材是"材料"而已

　　刚做教师的同志,常常把教材看成是教学的"圣经",不敢越"雷池"半步,学校的领导也总是要求教师们去钻研教材,于是就在大部分教师中形成一种错误认识:教书就是教教材。

　　其实教材没有什么大不了,教材只是教书的材料而已。

　　首先,教材的编写者,也只是由某个部门组织起来的一批参与编写的人员而已,虽不乏专家,却也有许多平庸之辈,更何况专家也不过是在某些方面有造诣而已,而一本教材往往内容繁多,能顾及全部的专家估计不是很多。因此可以说,一本教材只是编写者对课程的一种理解而已,不必望而生畏。

　　第二,教材从编写、出版到使用,要有一个较长的过程,尽管教材的时效性不像时尚商品那样强,但社会发展的加速、生活节奏的加快,无法保证材料的每一个章节(课文)都有很好的时效性,因此可以说,一本教材的使用寿命较之以往将会越来越短,如果还有人死抱住教材不放,那么就是"迂"了。

　　第三,教材是编教材者为教师上课准备的一种材料。这就好比要制造一个工具,可以考虑用钛合金的,也可以考虑用钢的,但目的只有一个,那就是达到制造的目标。同理,教师走进课堂,要完成一项教学任务,用什么手段,什么方法,什么材料都是可以调整的,都可以由教师创造性地搜寻、使用。

因此,在教学过程中,你虽然手头有一本与学生相同的教材,但是这教材的使用完全可以凭教师的理解和聪明才智去选择,累赘的可以删去,缺的可以自己进行补充。一般而言,自己编的还比别人给你现成的(教材)要好,因为自己编的新鲜、实用,而且有很强的针对性。

当然,如果让教师自己编材料的话,对教师把握课程标准和理解学生需求方面的要求很高,并且还需要教师有对课程很好的领悟能力,这就另当别论了。

由此可见,教材只是给初为教学者的一个最简单的材料而已。

链接:

"教"教材和用教材"教"

"教"教材和用教材"教",在教学形态上或许没有什么特殊的不同,但骨子里却有分明的界限。对教材的看法及对教材的态度,反映了一个教师的教育底蕴。如果说,教教材是每个教师的基本功,那么用教材教则是一个教师的高本事了。

教材,究竟是教的,还是用的? 我认为,要提倡"用",也就是用教材来"教"。这样的认识,有助于扩大视野,有助于追求教学的最大效应,有助于提高教育的境界。教材是相对固定的,用教材教,就会考虑用新的教育理念来施教,就会把学习对象放在中心地位,就会顾及受教育的不同层次、不同状态和不同需求,即使在备课中也会有不同的视角。

教师,是教学过程中最活跃、最有生机的主要因素,教材的效应,从某种角度讲最终是要通过教师的智慧教学来实现的。在一本教材面前,有的教师可以把它上得头头是道之外,还有让学生想象、发展的余地，使教材成为"知识链"，而不是禁锢学生思想的盖子，有的教师只会成为解释不清的"半吊子"，效果大相径庭。

　　一个好教师，不仅要考虑教材以内的东西，叫做"深挖洞"，还要考虑与教材相关或与教材暂时无关但与学生未来有关的东西，可称作"广积粮"。在今天，仅仅吃透教材还不能称为高手，还要在用教材"教"上下功夫。

《一个记者的教育视野》苏军

教材是材料而已

谁来为教师减负

不知道是否有人统计过教师有多忙。

我曾做一个大概的估算。

以一个语文老师兼任班主任为例子：

一个语文老师，一般都任教两个班，每个班大约48人，每天布置一次作业，学生做半个小时，老师批阅一本大概用2分钟，于是一天正常的作业批改量是48本×2班×2分钟＝192分钟，大约为三个小时；

每天上两节课，大约两个小时；

每两周要做一次作文，两个班共96篇作文，那么平均每天要批8本作文本，以每本作文本6分钟完成的速度来统计，每天支出于作文批改的时间是一小时。

这位教师同时还需要进修、参加各种会议、与学生谈话、与家长谈话等等。

八小时的工作时间又全部占满。所以老师们说：上班像上战场，没有一分钟可以得到休息。

现在这个社会，家长们望子成龙心切，总希望学生多做作业；学校里也不敢怠慢，订阅了一些"一课一练"之类的东西。家长在家里指导学生作业；教师又要多批一批(96本)作业。

一些年轻的教师不会处理学生的作业,因此,学校领导常会接到家长关于"某老师作业不批,不负责任"的举报,弄得学校领导很尴尬,也有领导不问青红皂白地把有关教师批评一顿。

依我看,学生作业太多的始作俑者是教师本人,这是一种最简单的逻辑:你没有时间批作业你就少布置一点,要知道并非作业越多,教学质量越高;就算迫于压力而作业较多,也要分个轻重缓急。对一个班的学生来说,48个学生的作业批24本又有什么错呢?因为批改作业本来就是为了了解学生,你既然已经了解了大半,已经把学生的作业情况把握在心了,那么其他人的作业就可以略批了。

甚至有些作业根本就不必白纸黑字全写下来。作业是学生与教师交流的一个平台,如果通过与学生口头交流或班级讲解的方式达到了交流目的,那为什么还一定要批改作业呢?

老教师几十年下来教学教得轻松、作业批得合理,家长无怨言,质量也高;年轻教师,实在应该要学一点这种批作业的"偷懒"办法,否则你累死了又有谁能理解呢?

学生作业布置和批阅的自主权都在你的手里,为教师"减负"的主动权就在教师自己手里。

链接:

教师整天在校工作真辛苦,县中教育模式再度遭考问

下面是南京栖霞燕子矶中学高中教师一天的作息时间表:早上6:40～7:30到校并巡视学生到早读结束;7:40～12:20教师上课;18:40～21:30四节课,教师上两节课,另外两节学生自习、教师在课堂上答疑。

一位不愿意透露姓名的老师对记者这样说:我们学校学生

6：40开始早自习，21：30放学，而老师还要比学生早来晚走约10多分钟。我每天晚上到家一般已经22：00多了，要等到23：00多才能睡觉。

我们学校特别要求，工龄3年以内的教师必须在21：00以后才能走，从2006年的2月份开学这条规定就开始正式执行了。课间休息时还要备课、批改作业，双休日也要上课，一个月只能休息一两天。

现在我们每天都觉得特疲劳，年轻人总有一些私人的事情要处理，现在根本一点时间都没有。

尽管我们很热爱这份工作，但对我们来说，工作已不是一种享受，而是痛苦的折磨，我们也是人啊。现在每天都过得很压抑，根本就没有时间考虑如何将课讲得更好。自身没有提高，怎么来提高教学效率呢？

引进县中模式以后的教学效果到底怎么样呢？有老师说："自从采用县中模式以后，学习风气和学习氛围都变好了，但是今年的高考成绩也不太好说。最终还是要通过高考来检验的，毕竟百姓认可的还是高考成绩和升学的录取率。"

《金陵晚报》2006年3月14日

影响考试成绩的因素

一到期末,学生的考试成绩成为大家关注的事情:学校领导对一个教师、一个班级、一个学生的评估大多将考试成绩作为重要依据;学生家长也将分数作为对自己子女和学校教育进行评估的主要依据;学生之间、教师之间也都把考试成绩作为与他人相比较的重要内容。

可谓几家欢喜几家愁。

无论用什么办法进行统计,考试成绩既然是数量化的表示形式,那就一定会有高有低。尽管许多部门强调不得按成绩排名,偏偏这计算机不认什么政策法规,只要在 EXCEL 上输入几个命令,谁成绩第一、谁最后,就是几秒钟的事,而且是一目了然的。

我不反对看重分数,因为分数能作为评价学校管理、教师教学、学生学习质量的重要依据,我的管理也强调分数,但如果只看分数而不看过程,那是只见树叶而不见树林的书呆子。

看分数也有个看的方法,我建议我们的教师要注意每一次考试中影响考试成绩的三大因素:

一、学生方面:

1. 学生学习习惯、学习方法和智商水平。

2. 学生的临考状态和他们对该次考试的重视度。

二、教师方面：

1. 教师对学生的教学措施是否到位。

2. 教师对教材的把握是否准确。

3. 教师课堂管理的能力是否有效及教学水平的高低。

三、试卷方面：

1. 命题者对教材和课程标准的把握水平。

2. 命题者对学生实际情况的把握是否准确。

上述三个方面既包括了考试相关人员的主观因素，也包含了造成成绩高低的客观因素。

也就是说，每一个关注考试成绩的人，看到一个被量化了的考试结果之后，都要注意分析其间的主客观因素。

当然，不同的人对于同一次考试成绩所作出的分析也许会截然不同，但思考的方位和角度应该是可以统一的。

有了这几条，学校领导可以比较客观地评价一个教师的教学质量，从而找到影响这位教师教学质量的根本原因，进而有针对性地指导这位教师去从事下一阶段的教学。

有了这几条，教师们可以在总结自己的教学情况时，找到成绩好（与不好）的真正原因，对一些客观的原因进行控制，然后在主观上找到一些问题，悟出一些道理，以利在下阶段改进。

有了这几条，家长们可以心平气和地面对成绩，理性地和学校教师、和子女进行交流，不会因成绩高了而过于兴奋，也不会因为成绩低了而对教师、对学生无尽地责怪。

有了这几条，学生们更可以以此为镜，到底是考坏（好）了，还是学坏（好）了；到底是教坏（好）了，还是学坏（好）了，从而正确评价自己，以利今后的学习。

不过真正要大家很理性地从这三个方面去分析也是很难的，因为大家普遍认为："分析只是分析而已，分数的高低是明摆着的。"

那就要引导大家从阶段性考试的意义去理解考试的真正目的。阶段性考试的目的是：评估一个阶段的教与学的情况，是教学过程中的一个环节，其目的不全在于目前，而在于今后。

因此如果每一个关注考试和考试成绩的人，都从这几大因素去了解、评价、分析考试成绩，并树立起一种"不全在目前而在于今后"的目标，那么这次考试才算达到了它真正的目的。

杞 人 忧 天

前不久听了几堂公开课,授课者基本上都使用了多媒体课件系统,这无疑是一个时代的趋势,是目前方兴未艾而又能各显神通的新型教学方法,一本书一支粉笔的时代已经过去,代之而起的是先进的电子化辅助。

作为听课者,我竟油然想起了"拉洋片"。

其中一堂课是初一的,教的是一位外国著名女作家的一篇文章,另外附加两篇和她有关的课外文章,阅读容量约5 000字左右。授课老师所制作的 PowerPoint 课件大约几十张,而且每一个课件中还要链接很多步骤,画面设计美轮美奂,文字色彩各不相同,可以想象得出老师为这一堂课花费了多么大的工夫!

整个上课过程就是课件不断转换的过程,一幅接着一幅,图像显示有动态有静态,文字出现或飞入或翻转,真是眼花缭乱。整个上课方式就是"一问一答一显示"。短短的 40 分钟一堂课,容量大得惊人,包括文字量、问题量、练习量、观看量,这当然要托福于多媒体的支撑,否则是绝对完不成的。但是没有阅读、思考、反馈的时间(尽管也让学生象征性地读了,尽管学生都回答得非常到位),甚至连记笔记的时间都没有,因为当你想记的时候,已经进入到下一个板块,屏幕上的归纳也早已"城头变换大王旗"了。

还有比这堂课做得更彻底的,可以说是"不著一字尽得风流",整整一堂课,居然黑板上一个字都不写,完全依赖多媒体。

公开课尚且如此,平时可想而知。不知教学者是何想法,是觉得多媒体完全可以取代板书而无须多此一举呢,还是自己的板书实在上不了台面而羞于示人呢?不得而知。反正整整一堂不写的语文课总让人感到很滑稽,更让人担忧的是,这种现象已比比皆是。

这样的多媒体语文课就不能不让人思考,在这种"繁荣"的教学过程中,学生究竟能接受多少?能进脑多少?怕是未知数。

语文课说到底是心与心的交流,是一颗师心带领几十颗童心对那些人类优秀的精神产品进行共鸣的过程,这个交流过程应该是个"读、感、悟"的过程,这个交流的手段是语言和文字。现在有了多媒体的介入,使得课堂的形象性、可视性有了极大的扩展,但对语文课来说,它只应该是锦上添花,而不能是喧宾夺主。

语言是心灵的外在体现,没有语言的交流和由此而对内心的挖掘,语文的生命将日渐萎缩。一段或铿锵或绵长的话语,一手或刚劲或飘逸的板书,或许更是一个语文老师个性和魅力的体现。韩麦尔先生用尽全力在黑板上写下"法兰西万岁"的场景,蔡云芝老师那如行云流水一般的课文朗诵,藤野先生给鲁迅的语重心长的批阅……这些课文中的老师形象,让课文的作者们终生钦佩难忘,让刚刚踏进人生门坎的初中生们深深震撼。如果在他们的心目中,老师都变成了只会点鼠标、拉洋片式的银幕形象;如果课堂中没有鲜活生动的心与心的交流,只有一张张看似好看而其实冷冰冰的图片来应景,这到底是喜还是忧?

网络时代的到来,给基础教育带来了巨大的影响,学生的学习方式、教师的教学手段都起了变化。多媒体教学受到了青睐，增加了课堂容量，提高了教学效益。但是，人们往往很少认识到，一件新生事物的利益背后，隐藏着的还有许多弊端。

语文课减少了教师板书的机会，屏弃了教师精彩的讲演。生动的语言全都演绎成了一成不变的音像材料，直观是直观了一些，但是却缺少了学生对作品意境的想象、对教学语言的感染，长此以往，语文课对学生的语言、情感的熏陶从何谈起？学生的语文素养从何培养？

数学教学也是这样，原本属于培养学生空间想象力的三角几何，现在使用多媒体教学，几何画板一出现，直观但减少了推断，学生不需要太多的想象，答案就跃然纸上。

在化学和物理教学中，元素的结构和分子的运动，原本由老师借助于形象的手势或自制的小型模具来讲解，学生通过想象和抽象而得到一些谙熟于心的结论。现在多媒体教学生动地把元素结构图、分子运动规律搬上屏幕，又简洁、又明了。学生再也不需要苦思冥想地去用数字、用笔画凑，用手去做就完成学习任务了。

如此等等。

我不反对现代教学手段在课堂上的使用，但当我看到一些教育评价手册上，将上课是否使用多媒体手段作为必要条件的时候，我担心一刀切、一轰而上的教育新方法、新的评价手段是否应注意到它的一些负面问题。语文课缺少了教师对学生的语言和文字的熏陶，数学缺了对学生空间想象力的训练，理化应有的动手操作变成了形象的影视画面，长此以往，人的思维能力是否会渐渐弱化？

实用主义、急功近利的教育是无法真正体现对人的培养的目的。

我真有点杞人忧天了！

链接：

初中语文多媒体教学的误区

数年来，现代信息技术教育进课堂已成为广大中学语文教师的共识，不断研究、探索、运用、整合多媒体优化课堂教学结构、提高教学效率也已成为不争的事实。然而，笔者认为：初中语文多媒体教学过程中有不少误区亟待矫正。

误区之一：盲目追求视听效果

多媒体教学以全新的视听方式进入课堂，给学生以全新的感官刺激。部分教师并非是根据授课内容来选择媒体，而是一味地求新求奇，造成媒体与教学环境脱节。比如一位教师在讲《紫藤萝瀑布》时两度播放歌曲《真心英雄》。俨然上成了音乐课！此歌曲与课文主题"生命的长河是无止境的"又有何内在联系呢？还有一位教师在讲《济南的冬天》时为了给学生以直观感受，颇费心机，从网上下载了白雪皑皑的雪景，制成课件，试问：这怎么与文中"薄雪覆盖下的山"相符合呢？更遑论济南"温晴"的气候特点了。

误区之二：教师受多媒体的束缚过多

比如一位教师在讲《听潮》一课时，先播放大海潮涨潮落、汹涌澎湃的画面，然后播放音乐《大海呀，大海》，提示学生随着乐曲展开联想，最后使用投影仪展示板书。电教手段可谓丰富，学生热情也极高，课堂气氛也热闹，然后透过热闹的场面，我们深感这位教师备课时未能突出重点。因为《听潮》这篇课文主要特点是："用文字塑造声音的形象"，是难得的朗读材料，学好这篇课文，关键在朗读，要在反复吟读的基础上领略大海的美。

误区之三：教师的主导作用过于"淡化"

一是黑板上没有了板书。板书被教师及早地设计到了课件上，省略了板书的形成过程。

二是缺少尽可能的方法指导。教师只是按照课件，时而让学生讨论、时而让学生思考、时而让学生感悟、时而让学生联想、时而让学生欣赏、时而让学生说话，看起来是在培养语文能力，实际上学生的学习行为显得匆忙而被动，倘若教师加以有机有序的点拨、诱导、启发，效果会大不一样。

三是大量的课件范读，削弱了教师及学生朗读的示范性，也减少了学生自读的机会，使学生对文本关注不够。

误区之四：多媒体在课堂教学中的比例过重

笔者曾作了一个统计，在使用多媒体的课堂中，一节课中教师运用各种多媒体形式的时间均不少于 20 分钟，时而放录音、时而开计算机、时而放 VCD、时而用实物展台，可谓"轮流上阵，五花八门"。

徐道生（湖北枣阳市教研室）
李合胜（湖北枣阳市实验中学）

让学生学会说话

未来社会,最明显的特点是生活节奏快,工作效益高。

随着高科技信息传递方式的变化,用口语进行信息交流的机会将越来越多,其重要性也日益显著。因为它既可以节省时间,也可以减少信息传递中的误差。

从人本身发展的需要来看,一个人能说一口流利的话,能用口语清楚无误地表达自己的观念与思想,是人本身最大的财富之一。

如果说人的容貌是人天生具有的外在表现,那么,说话的水平,便是一个人需要后天学习的重要的内在涵养,在社会交往中,它显得尤为重要。

可以这样说,在人的诸多素质中,说话能力是至关重要的内容。语文教学担负着培养人素质的责任,听、说、读、写都是语文教学的主攻目标。

长期以来,语文教学中对"说话"训练的重视是不够的,一般的教材都重写作训练而轻说话训练。通常是低年级有,而到了初中就没有,有的教材只作一项专题训练,这实际上是对"说话"训练的一种偏见。语文 H 版已把写作和说话同时称之为"表达",让写作和说话平起平坐,这无疑是大进步。

早在 20 世纪 50 年代初,周作人先生就说过:"中国文不难写,只要有话讲"；又说："学校里的作文功课，现改作写话课，这是最恰当也没有的，只要有真实的感情和思想发表出来，那么直接说的话，便是好的演说，照样写下来即是好文章。"（《知堂集外文》第183页）叶圣陶先生在关于散文不难写的一篇文章中告诉青年人，散文不难写，把想说的话写下来进行整理，就是散文。可见，说话对之于写作来说，是写作的一种口头表达形式。

目前在说话教学中的问题是，大多数同学不想在公开的场合说话，或者不想公开发表自己的见解；反过来，同学之间、朋友之间，一有机会就说个不停。还有一种情况，一些在课外与同学交往时很会说话的学生，当老师要求他在全班同学面前说一段话的时候，就会显得腼腆，显得手足无措，语无伦次。究其原因，最根本的就是没有一个良好的可以引发其说话冲动的环境。

说话的冲动，就是指说话人的说话欲，即某学生想说话，而不是某老师指定他、逼着他说话。说话的环境，主要是指说话的场合以及说话人所面对的听话人的总体气氛。环境是引发学生说话的一种外在因素，当一个人内心有了说的内容（作了准备之后），那么，环境就在这时起主导作用。有利于说话的场合，会更好地引发说话人的说话冲动；不利于说话的场合，会使这种冲动偃旗息鼓。

有说的内容，是说好话的基础。好的内容，不但容易产生说话的冲动，也是说话得以圆满的一个物质条件；没有内容，再好的说话环境也引不起说话的冲动；单薄的内容，往往会让说话者在说完话后感到沮丧，而引起对下次说话的惧怕。

我们在说话训练的过程中，可以引导学生多看报、多听广播、多看电视、多读书、多作摘记，尤其是多作思考，以增加学生语言素材的累积。

学生说话能力的培养，是一个由低级到高级的循序渐进的过程。对低年级小学生的说话要求与对初中学生的说话要求是不一样的，它经历了一个在内容上由简而繁、由少而多的过程；在表达的意思上由表面到实质、由肤浅到深刻的过程；在说的形式上，由机械的记忆性复述到深刻的理解性说话这样一个过程。因而根据学生的不同年龄层次、不同的学习水平和知识结构来训练学生的说话，是说话训练的一个规律。

在训练学生讲话的初级阶段，总是以鼓励为主，只要学生在说话中说得响亮，说出一个新名词，用了一个好形容词或动词；说话时的一个动作和手势，说了一个明确的观点等等都应该肯定；对于学生说话中的不足之处，只作蜻蜓点水般的批评，做到对事不对人，对许多不足之处常常视而不见，只对大处提出善意批评。

"杀威棒"要不得

旧时代有些衙门常有打"杀威棒"的"规矩"：新到的囚犯见县太爷时，为防止囚犯桀骜不驯，先给他一点颜色看看。在《水浒》二十八回我们看到武松被发配孟州，要不是施恩救他，差一点被打"一百杀威棒"。

这种旧戏里常有的情节，居然在我们当今的教育中也有。例如：初一新生，或者高一新生，入学不久，学校便会组织一次"摸底统测"。题目出得又难又怪，将学生们考得晕头转向。尤其一些高中更厉害，常常把那些身经百战的"骄子"考得没有脾气，只得低下高贵的头。然后校长或者班主任宣称："这一届学生整体素质不如往年"，或者对学生训话："你们来到学校以后，不要骄傲，如今我们这里是高中，要求不一样，希望大家继续努力。"

我对此总不以为然，"摸底考试"，用时髦的话来说，称为"诊断性评价"，这，固然需要，但有必要考得那么难吗？有必要宣称：这一届(班)如何如何不及去年吗？

打"杀威棒"的目的无非想证明两点：一、这些学生质量并不高，将来考大学考得好，是我们学校与老师的功劳，考得不好，责任不全在我们；二、让学生变得规矩、听话一点，不要骄傲，更不要自以为是，以便将来容易管理。

学生是来求学的，不是被改造的囚犯，他们只能被引导——引导他们自己去学习、探究，而决不是靠"镇住"就能了事的。

　　对学校先打一百"杀威棒"，有两点可以质疑：一、这样的考试是否有信度效度？是否反映学生的真实水平？二、学校当局有没有考虑学生的感受？有没有考虑前任（初中或小学）学校和教师的感受？

　　《礼记·学记》早就告诉我们："安其学而亲其师，乐其反而信其道。""杀威棒"一打，就使学生"不安其学"，对学校心存畏惧感；就对教师产生距离，老师们成了不公正的"裁判"，如何才能得到"队员"的尊重？如今提倡"和谐"社会。学校即社会，一入校即处于一种不和谐的环境中，加上激烈的竞争，师生对立、学生之间对立的种种情绪就会蔓延开来。我曾经与不少回母校看望老师的学生交谈过，他们告诉我：重点中学的教师不像初中老师那样容易接近，训人是常有的事。我问他们心中是否总有一点初次考试受挫的"阴影"，他们点点头。

　　当然，我也知道大多数老师是为学生好，学校领导也是为学生好，只是我觉得有些做法是否可以改一改，即使是"传统"的做法也要改一改。例如：出考题不要出得太难，考好以后不要马上宣布分数，不要将学生分成"甲乙丙丁"几类等等。刚入高中的学生，他们已经被中考的"分类"搞得心有余悸，刚想喘口气，不想又面临如此"杀威"之棒，实在值得同情。

　　清人张行简《塾中琐言》里读到过这样一节"禁委过前师"，他是这样写的："学徒初入塾时，遇有字句，将义舛缪，往往委过前帅，急厉声以呵之。学徒口滑，今日委过于前师，异日定御罪于我，不可不豫为之防"。

　　我想，打"杀威棒"无非是"委过前师"。所以，我从来不喜欢听教师抱怨"我接手的班级如何不好"之类的话。前不久，某网站刊出一白领小姐痛斥高中女教师的事，一时间弄得沸沸扬扬。这位小姐行径固然值得批评，而那位老师，难道不值得反思？

老师，想一想自己是否有对学生的过分处，想一想自己是否将责任推到"前师"头上过？

三种课程形态

有位教师上林海音的《窃读记》，五分钟学生讲诗（古诗的内容与课文的读书主题有关），十分钟让学生观看故事片《城南旧事》的片段，又十分钟让两位学生展示并介绍自己制作的关于作家林海音生平的电子小报，最后，一教时的教学安排只剩下不到一半的时间让学生才有机会直接介入到文本的阅读中去。

应该说，从这位教师的教学设计中，我们确实看到了他希望拓展学生知识、让学生自主探究的良苦用心，也能够感受到他对新课改背景下"以学生为主体"理念的追求。

问题在于，他忽视了基础性课堂形态教学有别于其他课程教学形态的特点和要求，指望把所有相关的东西，都集中在一堂课中，其效果当然就不尽如人意了。

基础性课程、拓展性课程、研究性课程三种不同的课程形态，因其课程内容、课程要求的不同，使其教学手段和教学方式呈现很大的区别。

以上面所举的个案为例，这堂课本身应该是一堂初中预备年级的基础性常规教学课，其主要任务应该是阅读和理解文本。而观看影片《城南旧事》与文本并无直接关系，应该是文本阅读之外的延伸，属于拓展性课程的内容，如果专门放在拓展课上播放鉴赏,显然更为恰当、也更为有效。至于学生制作和交流关于作家的电脑小报,是学生学习前后进行的自主探究活动,应该是探究性课程的内容,可以作为全体学生的探究性作业,使得每个学生的学习主体性都能得到充分的发挥,活动面、受益面更广,效果也会更佳。

执教者把三种课程形态的教学内容集中在一堂基础性的常规教学课中,不仅掩盖了基础性课程的基本特征,就是从教学容量来讲也是不恰当的,因此反而使课堂本身应该落实的东西没有落到实处。

一般来说,作为基础性课程的语文课,还是要以课本所提供的文本为依据,通过教学活动,以引导学生掌握基本语文知识以及一般文体的阅读方法为主要内容和目标的。在这种课程形态中,学生作为知识"接受者"的角色相对更加明显。而拓展性、尤其是探究性课程,课程目标更加侧重在让学生自主地实践探究,学生作为"探究者"的角色显然更加突出。

当然,三种不同的课程形态之间的区分并不一定是绝对泾渭分明的,基础性课程中也需要一定的拓展和探究,但是由于时空的局限,这种拓展与探究一般首先必须紧紧围绕文本阅读的教学目标而进行。并且,当三种形态的课程围绕一个学习主题或一篇课文有机展开时,还可以发挥有效的整合效应,大大地增强语文教学的教育、教学功能,提高学生的主体学习能力。就前文所举案例来说,如果能够形成以《窃读记》的课文学习为基础,以影片《城南旧事》观摩为拓展,以学生自主探究作家相关生平与创作为深化的学习系列,那么,三种课程形态就能很好地互相促进、有机互补,既符合"大语文观"的思想,又能使学生学习的主体性作用得到更加充分、更加有效的发挥。我想,这是课改背景下值得提倡和探索的。

新课程改革背景下强调"以学生为主体"是对的。但是,在教学实践当中既要防止形式主义倾向,充分关注教学目标与教师作用的价值,又要全面完整地把握"以学生为主体"的准确内涵,充分考虑课堂流程与课堂形态的特殊性,只有这样,学生成为课堂主体的理想才能真正实现。

链接:

"三类课程"实施策略研究

1. 整体性:"三类课程"在功能上紧密联系、目标一致,构成一个紧密结合的系统。"三类课程"虽各有功能定位,但在教育思想、教育理念上,在发展培养学生的研究意识、研究能力和研究方法上应是始终如一的,它们都贯穿了研究性的学习方式。同时,它们在内容上也存在着密切的联系,由基础课、拓展课到研究(探究)课,内容逐渐拓展、认识逐渐深入。

2. 渗透性:"三类课程"各有功能定位,各有自己的高度,存在相对的独立性,同时又是相互渗透的。基础课有一个不断拓展、研究的过程;基础课、拓展课为研究课提供基础;拓展课、研究课又不断加强基础、强化先进的教学理念与学习方式。

3. 互动性:"三类课程"在培养学生的素质、个性、人格、能力等各方面应能互相促进、互相提高。

4. 过程性:"三类课程"的开展一般不强调课题或专题研究的结果,而注重让学生通过运用必要的知识、技能和生活经验,经历自主学习、主动探究的过程,以形成良好的研究性学习方式,促进学生个性及创造力的充分发展。

5. 全面性:"三类课程"是针对所有学生而开设的,它们的作用应立足于使每一位学生的每一种学力都获得综合、全面的发展,以使每一位学生都获得强大的、富于个性的可持续发展力。

第五章

子曰:"爱之,能勿劳乎?
忠焉,能勿诲乎?"
——《论语·宪问》

对学生进行婚姻教育

对学生进行婚姻教育

要对学生进行婚姻教育

有一位女生家住石化厂,每周五返家总由母亲来接,然后在家中和父母同吃一餐饭。晚上,父亲单独住一个房间,母亲则与女儿合睡。如此生活已有两年。

有一次,母亲因故没有来接她,她便坐公交车回家。家里的情景使她十分意外,父亲正与另一女子共同在家,关系亲热。她随即拨通母亲电话,母亲这才告诉她实情,原来他们已离婚两年,为了女儿的心情,如此做了"假夫妻"。

面对父亲的女人,小姑娘怒火中烧,拿起菜刀责问父亲"这是谁?"然后大哭一场。

因小女孩星期一未来上学,班主任与她母亲通话时才知道这个故事。

我曾把这个故事完整地告诉给一位专写少男少女故事的著名儿童文学作家,她表示出极大的兴趣,并对这种"天下父母心"表示可怜,对女孩深表同情。

女生的情绪爆发实属情理之中。父母离异不告诉儿女,愿望是好的,但是结果未必很好,这样,没有思想准备的儿女常会做出失去理智的事。

根据本人对初中学生父母婚姻状态的统计,离异家庭已达初中学生数的 10%左右（是不是初中学生父母的离婚是个高峰期，我未作调查），这个数字还没有包括半离半别、将就着过日子的夫妻。明智的父母将这种情况对子女告诉得一清二楚，让子女坦然地面对事实；不明智的家长则躲躲闪闪，采用瞒、防的政策，结果反而不好。

我想，学校教育有责任对学生进行一些婚姻关系的教育，让学生了解什么是婚姻，什么是爱情，以便正确对待父母的婚姻状况。

其实，父（母）与子（女），是一对血缘关系。学生人小，他世界里的三人世界有一份永远无法分开的情结，他根本不会不同意父母的离婚，他也无法懂得什么是维系婚姻的感情，更不知道何为"感情破裂"，他只知道三人世界是一家人，是一种永远无法分割的"家人"。

亲子关系是一种具有生物学意义的关系，谁也无法改变；而夫妻关系只是一种社会关系，社会关系是可以变化的。

因此要教育学生：父亲就是我的父亲，我应尊重他、孝敬他，不管他和谁是夫妻，父亲对幸福的追求是子女不应该干涉的；母亲就是我的母亲，也不能因为她的丈夫的变化而改变子女与她的关系，母亲对幸福的追求同样也是子女应该尊重的。至于父母之间的关系，那绝不是一个孩子应该考虑的事情，以至于后爸或后妈，同样都应该得到你的尊敬和孝顺。

假如有的父母生怕儿女不理解自己的感情破裂，而一味在儿女面前指责批评对方的不是，那是一种十分可笑的做法。

我接触过一个很自闭的学生，多次在他的周记里写到：他这一生最后悔的事，就是向他的父亲告发了他母亲与人交际而导致父母离婚的事。

小孩子的世界是纯洁的，父母要是需要离婚，就应该用纯洁的心态去向孩子表白自己的感情经历和破裂，让儿女真正懂得离婚是什么？离婚之后，孩子与父母的关系是什么？这才能让孩子平稳地度过这一段心理危机。

链 接：

美国中学生的婚姻教育

根据美国婚姻和家庭教育中心的统计，过去四年里，美国四十多个州的初中和高中，都通过各种课程来教育学生加强对婚姻生活的理解。

佛罗里达州甚至在今年规定，婚姻教育是学生拿到高中毕业文凭的必修课之一。

另外，亚利桑那州和犹他州等其他一些州，也在考虑制定类似的规定。美国大约百分之五十的婚姻都以离婚告终。许多教育家担心，由于很多孩子出自单亲家庭，他们对健康的婚姻生活缺乏足够的了解，也没有好的学习对象。婚姻教育课程就是在近年来由于这种担心而产生的，是帮助学生学习解决人际冲突、倾听对方看法等技巧，并让学生了解婚姻生活的复杂性以及双方的责任等。一些课程还劝说在中学恋爱的学生，不要过早地结婚。

在婚姻教育课程的具体内容方面，各个州各有奇招，可以说是五花八门。

在加利福尼亚的纳特马斯高中，学生们在课堂上和自己选择的同伴举行模拟婚礼。在这个过程中，学生们要起草自己的婚礼誓言，为"蜜月"制定计划，还要共同安排"婚后"生活。在亚利桑那州的学校则着重强调婚姻的契约性质。

在另外一些州，学校的教材则是一本叫作《爱的艺术》的书，这本书里包括了从莎士比亚到劳伦斯等著名文学家对爱情和婚姻发表的看法。

波士顿大学过去五年来一直跟踪调查接受婚姻教育的学生，结果发现，这些学生的人际关系技巧有一定改善。例如：他们往往更愿意用对话，而不是对抗的方式，来解决和家长及同学的冲突；另外，这些学生在恋爱和性生活等方面，也采取比较谨慎的态度。教育者认为，这些新的转变，将有利于学生们的婚姻生活。

老师不是老了就好

　　一位发了财的朋友来向我咨询关于他女儿读初中选择学校的问题,他如数家珍般地把他家周围的几所学校作了分析,然后向我介绍其中的一所学校,朋友不无赞扬地说那里的教师工作年限长、资格老、教学经验丰富,因此,他决定要把女儿送到那个学校去读书。

　　我知道他说的那所学校,那是一所民办学校,靠着一块名牌中学的牌子,招聘了一大批退休下来的老教师在那里发挥"余热";利用了家长对教育问题的迷惘,争招了一批智商水平较高的学生。居然得到了我朋友之类家长的认同。

　　在知识能力可以成为金钱的社会里,我们基础教育界的一些"名腕",也希望通过自己的形象来开办学校,掌管由他策划的新的民办学校的门庭。当然这也不算坏事,可以理性地称之为"社会教育资源的充分利用"。问题倒是出在这些"名腕",能直接与政府官员对话,在改革开放的大潮下,他们更有办法打好政策的"擦边球",在基础教育的阵地里大显身手。如果说近年来教育生源市场有点混乱的话,那就与这些"名腕"的做法不无关系。

　　我给他作了如下的分析:一个学校的办学质量高低受三大因素影响。第一是生源,第二是师资,第三是管理,这三者不可分割,又互相制约。

就高中而言，政府已经在学生初三毕业时进行严格的分类。如果作个不确切的比喻，初三毕业学生的分类，就如农民下果子时的分类一样，把一等品、二等品、三等品决然分开，因为只有这样才能卖好价钱。作统货出卖的，肯定卖不好，也无经济效益。

我的朋友有几位是上海市优质高中的校长。学生生源好，学校名气就大，师资一定好，办学效益也相应扩大。

但是，如果大家做统货的话，其效益就得重新计算。

假如是同样的生源、同样的管理，师资就成了关键。师资的差异不在于教师年龄的大小、教龄的长短，而在于教师对教育的钻研。这个钻研还包括了对新的教育观念的理解、新的教育手段的应用、新的教育内容的更新。教师不是老了就好，相反的，与新教师相比，老教师缺少锐气、不善拼搏，更不够时代特征，凭老经验常常是要坏事的。

在现时的教育背景中，在具有相同责任的前提下，面对一个青年教师的教学和一个老教师的教学，我宁可选择前者，尽管青年教师有时会不拘小节，也不够踏实，甚至他教的学生考试成绩平平。

教育的价值，是无法全都用分数体现出来的，一些没有显现出来的东西，也常常对学生的发展终身有用。

能做家务的是好孩子

前几年初中招生，针对 12 岁的小孩别出心裁地想出一个考试科目，我们称之为综合科。一改原来用试卷对学生进行考试的模式，采用的是对学生进行"责任心"和"态度"考试。考试方法如下：

将学生随机编组，每一组为 8 人，由两位教师监考。

地点：某教室。

道具：1. 八份《新生入学报名表》，八个装满胶水的胶水瓶，学生自带照片一张。

2. 八把扫帚、四个畚箕、八个拖把。

试题：1. 学生完成填写报名表，并贴好照片。

2. 教室很脏很乱，请大家协助打扫。

评价：1. 凡认真填表（包括坐姿端正），并仔细贴好个人照片，之后又能把胶水瓶盖拧上并放回原处的，得满分。共 30 分。

2. 能主动参与劳动、能有头有尾、动作利索、做事认真的人得满分。共 30 分。

两项得分满分为 60 分，与数学和英语两门功课的总分相同，三门功课满分为 180 分，然后学校根据学生得分从高分到低分录取学生。

三年后，学生毕业，我们将中考成绩和当年预初招生的成绩进行对照,结果发现,当年得高分的学生在毕业时一般都是优秀学生,不但思想品德好,学习成绩也很优秀。

因此可以说,学习习惯的好坏、思想品德的优劣,与一个学生的劳动态度是分不开的。那些家长认为只要认真读书,不希望学生做家务小事、不参加公益劳动,是一种错误观点。

链接:

要让孩子做家务

世界各国的孩子都能尽力为父母做家务。法国还用法律规定孩子必须帮助父母做家务。

而向来以吃苦耐劳著称于世的中国人,竟有那么多父母不要孩子做家务,竟突然冒出那么多不愿做家务的孩子,岂非咄咄怪事! 现在的孩子,尤其是城里的孩子,劳动不是太多,而是太少。

希望家长能支持学校的工作,再给孩子分一点力所能及的家务活。每天家务活总量一般控制在 30 分钟左右,并且持之以恒、养成习惯,那么孩子的责任感和工作能力一定会越来越强,学习成绩一定会更加突出。

《好父母、好家教》魏书生

家长辅导，不要误导

碰到一个很可笑的故事。

一位学生很聪明，但偏偏不爱读语文，语文成绩很差。母亲是位大学老师，工作单位离学校不远。学生住宿在校，母亲不能天天给他辅导（据说小学五年，为了给儿子从语文到数学再到英语的辅导，使儿子成绩领先，她为她的儿子作出了牺牲，放弃了所有的精彩电视剧），于是，母亲就每天中午到学校，躲在学校门口附近的一个小棚子里对她的儿子进行辅导。

那天正好被我撞见，我很感慨，向她表达了我的观点。

先说，一个家长能是全科吗？不要说是文化层次不高的家长，就算大学教师，甚至家长本人就是中学教师，他能全科吗？他无法对学生的所有功课进行辅导。

再说，一个学生先听教师对某门课的教学，课后再听家长的辅导，双方在理解上肯定会不尽一致。教师是专职的、专业的，对教材、教法都进行了研究，然后再实行教学。那么对课程半懂不懂的家长能辅导学生吗？

最后，我告诉她，就算是一个专业的、专职的教师也有许多新的领域要学习、要钻研。我给她举了一个例子。预初的教材中编排了关于朗读的语气、语调、停顿的知识和训练，这些内容以往都没有列入师范大学中文系的课程，那本来是广播学院学生学的内容。现在我们教师都要重新学起，你这样一个大学教师能了解这些信息吗？对于这些知识，你有这样的能力来辅导孩子吗？

一个学生学习成绩的取得是多方面的，其中不乏家长的关心，但绝不是家长对某一门功课的辅导。

家长帮学生辅导功课，常常会产生误导，我们应该把精力放在让学生养成良好的作业习惯和读书习惯上，这样才能尽我们家长的一份力。

链接：

家长辅导孩子学习的误区

做家长的总希望自己的孩子长大能够成才，因而从小时候起就对孩子进行辅导，有的效果极好，但有的由于方法不当，总不见孩子学习成绩的提高。其实这样的家长是走进了辅导孩子学习的误区。主要有以下几种表现：

一、包办代替。这种表现主要是家长在辅导孩子的作业时，直接把答案、结果告诉给他们，这样就使孩子失去了动脑的机会。

二、动怒训斥。这种表现，是指家长在辅导孩子时，发现孩子对所学的知识掌握得不好，或者辅导后仍然不能理解时，家长所表现的粗暴、乱加指责，甚至加以体罚的做法，这样做不仅起不到好的效果，反而会影响孩子的学习兴趣。

三、简单重复。把孩子在课堂上所学的知识重新再讲一遍，唯恐孩子学得不踏实、掌握得不牢固。这样做会使孩子产生对学习的厌倦心理，影响学习效果。

四、盲目从事。就是家长不了解孩子所要辅导的知识点以及教材前后的知识体系，因而盲目地加以辅导。这种做法，使孩子对所辅导的内容感到不着边际。

五、只顾作业。就是把孩子的作业看作孩子唯一的学习任务，作业一旦做完了，就万事大吉，而忽视了引导孩子把握学习的全部过程。

六、追求超前。是指家长提前给孩子讲解要在课堂上学习的内容，这样使孩子对要学的内容有大致的、片面的了解，这样做会使孩子在上课时则因懂得一些，而锐减学习兴趣。

七、仅为考试。这种表现是指家长在平时对孩子的学习不闻不问，而临近考试时让孩子加班加点，对学习任务任意加码。这样会使孩子高度紧张，影响学习成绩。

八、方法简单。辅导的方法没有变化，不能根据孩子的年级升高、学习能力的增强而适当地由扶到放，不能不断地改进辅导方法。

初中数学网

学校不是保险箱

教育成为社会最关注的热点之一，是因为教育之于人、之于社会、之于国家民族的长远意义。政府、社会对学校教育加以投入、加以支持和管理，那是因为学校所承担的是一项特殊的社会分工。

然而，社会上有不少人将它产生误解，认为政府重视了对教育的投入支持，对于孩子的一切事都得由学校负责。

孩子应该是家庭、社会、学校三位一体的教育对象。

常常出现的问题是，个别极端家庭把学生往学校一放，似乎就让学生进入了托儿所或是保险箱，他的孩子所有一切都应该由学校承担责任。不小心跌坏了腿，家长会来要求报销因"学校问题"而造成的伤害补助费；学生打架了，被打一方不会向另一方提出各种合理的和非合理的要求，而是直接面对校方；当然体育课的意外伤害等更理所当然的是学校责任了。所以每当碰到学生的伤害问题，学校永远是个"被告"。

我亲手处理过一件事：同学甲、乙吵架，甲不慎把乙的眼镜打坏了，脸部有点轻伤，于是乙家长直接质问学校，认定这件事跟学校的管理不严、教育不善有关系，要学校对甲进行处理，并要学校进行赔偿，至于学校与甲方如何协调他不管。理由是，今天早上我把他送进学校时,眼镜没破、脸部没伤,你现在还给我的学生应该还是这样的。巧得很,刚由学校处理完了甲乙的打架事件,乙同学又因口角去打甲同学,且受伤严重,于是,甲同学家长以同样的方式向学校交涉。

学生双方吵架也好,打架也好,谁打谁就被处分教育这是天经地义的,但学校为什么永远就成为被告呢?

家长看来,学生进了校门,一切都由校方负责。

学校看来,两位学生之间的事情应由学生自行解决,需要家长出面的,那就由家长解决。为什么一定要指责校方呢?

学校的责任到底是什么?是教书,是育人。确保师生安全是每一个人的责任,而不是学校办学的一项目的,如果要把人身安全看成是学校工作的目的,那学校不就成了医院,或是成了派出所或消防局了吗?

在教育孩子的问题上,学校和家庭、教师和家长是最真诚的朋友。大而言之,学生是民族的希望,全社会都希望他们健康成长,教师和家长是站在同一位置上的;小而言之,学生教育得好、成长得好,既是家庭的目标,也是学校的目标,哪一所学校不把某某学生、某某校友出了成绩放在荣誉册上的;再则学校教师与家长的沟通,能把事情了解得更全面,双方可以达成统一的思想,有利于下一阶段的教育工作。最得益的是学生,学生有了进步,家长得益,对于教师而言也何尝不是一种利益呢?

家长要理解学校,让学校的教师集中精力做好教书育人工作。如果这一点也得不到家长的理解,实在不行的话,只好每个学校成立一个"保卫处"或"派出所的派出单位",要么就是"安全救童处"什么的,专职处理学生事件。

学校不是保险箱　　　209

链接：

《学生伤害事故处理办法》对学生校园事故的学校责任作了规定，下列行为学校必须承担相应的责任：

学校的校舍、场地、其他公共设施，以及学校提供给学生使用的学具、教育教学和生活设施、设备不符合国家规定的标准，或者有明显不安全因素的；

学校的安全保卫、消防、设施设备管理等安全管理制度有明显疏漏，或者管理混乱，存在重大安全隐患，而未及时采取措施的；

学校向学生提供的药品、食品、饮用水等不符合国家或者行业的有关标准、要求的；

学校组织学生参加教育教学活动或者校外活动，未对学生进行相应的安全教育，并未在可预见的范围内采取必要的安全措施的；

学校知道教师或者其他人员患有不适宜担任教育教学工作的疾病，但未采取必要措施的；

学校违反有关规定，组织或者安排未成年学生从事不宜未成年人参加的劳动、体育运动或者其他活动的；学生有特异体质或者特定疾病，不宜参加某种教育教学活动，学校知道或者应当知道，但未予以必要的注意的；

学生在校期间突发疾病或者受到伤害，学校发现，但未根据实际情况及时采取措施，导致不良后果加重的；

学校教师或者其他工作人员体罚或者变相体罚学生，或者在履行职责过程中违反工作要求、操作规程、职业道德或者其他有关规定的；

学校教师或者其他工作人员在负有组织、管理未成年学生的职责期间，发现学生行为具有危险性，但未进行必要的管理、告诫或者制止的；

对未成年学生擅自离校等与学生人身安全直接相关的信息，学校发现或者知道，但未及时告知未成年学生的监护人，导致未成年学生因脱离监护人保护而发生伤害的；

学校有未依法履行职责的其他情形的。

另外，在发生不可抗力、校外侵害、学生自杀、自伤，及具有对抗或者具有风险性的体育竞赛活动中造成的学生伤害事故，学校没有履行相应的职责、行为措施存在不当等情况的，也要承担相应的责任。

除此之外，学校对其他学生伤害事故无需承担法律责任。这样一来，以往那种凡是出现学生校园伤害事故，学校无一例外都要承担法律责任的观念和做法可望得到较大改善，从而有利于学校的生存与发展。

孩子还是自己带

据报道，中国的第一代独生子女，已进入了婚育期，从小过惯了饭来张口、衣来伸手的日子，现在当起父母来了，日子确实有些难过。

不过天无绝人之路，好在都有一批"骨头贱"的老爸老妈，不但愿意继续为独生子女组成的家庭尽责尽力，还把第三代的抚养包揽在自己的身上。

三年前，学校总务处接待了一位前来应聘学校服务岗位的年近六十的老大妈，她的求职要求是：因为外孙女在这里住宿，所以前来应聘，可以让她在工作间隙为她的外孙女服务。

总务处婉言回绝了她的应聘，但老大妈说"我为学校工作可以不拿工资"。

只能这样说：这些独生子女们真有福气。

可是，问题也全都出在这"福气"上了。根据我的观察，由祖父母和外祖父母带的孩子，进入学校之后，一般都表现出能力差、缺少毅力、责任心较低等现象，在依赖性方面也比其他由父母自己带的孩子更强，因而易烦躁，碰到困难更易退却。

如果从国家的利益来考虑，我担心这批由爷爷、奶奶们带大的孩子，他们今后会有些什么作为？

为什么爷爷奶奶们带的孩子会容易出现这样的一些问题呢？原因不外乎下列几点：

　　其一，爷爷奶奶们一般都是解放前或建国初期出生的人，他们经历了中国的解放、"文革"和"改革开放"，吃了不少苦。根据中国人的传统家庭伦理习惯，长辈们都不希望下一辈再吃苦，于是就在小孩子身上落实这种愿望，想把他们"泡在蜜糖里"，以此作为自己的一种家庭责任和社会责任。

　　其二是因为女儿女婿或是儿子媳妇与自己生活在一起，总希望家里欢欢喜喜和和睦睦，因此当儿女指责他们下一代的时候，爷爷奶奶们就出来庇护，惯着小宝贝们。

　　其三，作为第二代的孩子的父母，如看到小孩子不听话、很任性，又不敢大声批评，怕得罪了劳心劳力的爷爷奶奶。于是一代孩子就在这种互让着的环境里生存，什么都由爷爷奶奶们保护着，不养成怪习惯、怪脾气，这才怪呢。

　　其实，年轻的父母再忙，也得把自己的孩子带在身边。

　　一来要让小孩子体会现代社会快节奏给家庭带来的影响。父母起早贪黑，就会让孩子了解父母挣钱的不易。

　　我听我校一位老师说，早晨上班常为儿子的赖床犯愁，于是拿了一张校长的照片给儿子看，说是妈妈来不及上班，校长会扣工资的。现在这个孩子每天都记得"我赖床了，校长会扣妈妈的工资的"，于是孩子赖床的习惯就改掉了。

　　二来现在的年轻父母接受的教育一般都比祖辈们高，父母增加与孩子的交流，这种耳濡目染的熏陶，会增长孩子的知识，培养学生对新的知识、对社会的了解。

　　更不要说，从法律的角度看，父母是子女的法定监护人，爷爷奶奶们没有这种法律责任，也没有这种社会义务带第三代。

　　如果说因为隔代带孩子还有一些对孩子的负面影响的话，那这种"骨头贱"的做法实在可以不要再做了。而年轻的父母应该自己带着孩子,再忙、再累,这不单是为了孝顺自己的父母,更重要的是有利于下一代更健康地成长。

链接一:

隔代教养　越界还是互补

陈先生怎么也不能理解,早年冷酷的父亲为什么会对孙子如此溺爱,搞得他连瞪一眼儿子,都要看老爷子的脸色。教育儿子更是无从下手。从小,他对父亲的唯一印象就是打人,从三四岁开始一直打到上大学。如今自己有了儿子,老爷子却突然温情起来,什么都由着孙子。陈先生很纳闷儿:明明曾经是那样一个父亲,为什么会变成这样一个爷爷?

父、子、孙三辈之间,此类颇具戏剧冲突的"隔代教养"舞台剧,正在中国的许多家庭上演。而这,绝不仅仅是老人溺爱孩子那样简单。

心态差异引发教育冲突 "实际上,不是老人变温情了,而是30岁的心理需要与60岁的心理需要不同。"旅美心理学专家尹璞说,"作为父母的心理需要与孩子成长的关系更为直接。"父母往往为孩子设计好了未来的发展模式,所以对孩子的要求往往具体而苛刻。

另外,出于一种补偿心理,他们还把圆梦的任务传给下一代,"他们在追求一种不现实的完美。"对于老人来讲,尹璞表示,"也是出于一种弥补的心态。"自己做父亲的时候,由于社会的责任、工作的压力,内心感受的体验与表达比较欠缺,而到了老年,从前束缚他们感受的东西渐渐没有了,比如日常工作、人情往来、家庭负担等等压力都在逐渐消失,所以想去弥补自己从前所忽视的东西。

"老人可以变成孩子" 尹璞这样解读老人晚年的心理需求：年轻时他们分担家务，减轻父母的重担；盛年时他们努力赚钱，挑起抚养的责任；工作中他们独挡一面，为单位和自己谋福利。

这些时候，他们都觉得自己是重要的，被社会和家庭所需要的。随着慢慢变老，他们逐渐觉得自己不再被需要。而孩子的世界特别简单，只要你陪他玩、满足他，他就愿意亲近你。在这种亲近中，老人尝到了一种被孙子需要与依赖的快感，而要维系这种关系，他们无一例外都选择了溺爱与放纵。"老人可以变成孩子。"尹璞说，"老人像保护最好的小伙伴一样保护着孙子，有时你都看不出是谁在陪谁玩。"而老人的这种教养方式往往与年轻人格格不入。

结果就造成了：一方面，老人不满年轻人对孩子的严厉，从而横加干涉；另一方面，年轻人不满老人对孩子的溺爱，认为这样是耽误了孩子。

《中国青年报》2006 年 2 月 15 日

链接二：

不可盲目选择寄托教育

住到老师家，做个"入室弟子"，使得寄托同教育相结合，这种现象已不是什么个例，有此类需求的家长的确不少。

记者了解到，选择这种寄托教育的家长主要分为两大类，一类家长大多忙于生意，无教养孩子的时间；另一类家长自认为没有能力辅导孩子的功课，缺乏家庭教育的能力。

儿童心理专家梅仲荪认为，孩子 3 岁之前是依恋期形成的重要阶段,14 岁左右是青春叛逆期,18 岁左右又是人生选择的重要阶段。在这些重要的阶段,父母如果错过了跟孩子在一起的机会,可能会给亲子感情甚至孩子的性格、情感等造成很大的影响。

《家庭教育时报》记者　叶百安　申卫东

教育的年龄差乱

以往，许多人对教育不够重视。在对待孩子的教育问题上，倒是教育工作者(主要是教师)可以说了算。整个社会对教育的感觉是：教育学生、培养学生，那是教育界的事，你们不要多管，让他们(教育)去管吧。

现在，大家对教育的重视年年加码，中央的教育工作会议、社会的教育舆论、家庭的教育投入、企业家对教育的投入……于是整个社会谁都了解一点教育，谁都成了教育的评价者和当事人。

年轻父母以自己对教育的要求来要求教育，18个月开始学手语，24个月开始学英语，更不要说在娘肚里的"胎教"了，年长的老爸老妈当起了孩子的家庭教师，当他发觉"△△△＋△△△＝_____"不太理解的时候，就说现在的小学教育瞎搞。只有到了初中，家长才求助于教师，当然也有不少家庭硬凑家教，给学生"误导"的。

怪就怪在家长的期望，造成了教育的年龄差乱。幼儿园学生已学会演讲，小学生能做课题，中学生已经会发明创造，大学生却面对招聘摊位吓得要父母陪同。学校里流传这样的话：现在的学生，小学生要看成幼儿园学生，早晨出门时，父母帮他理好书包；中学生当成小学生管理，每天要抄一份备忘，带回去让家长签字、监督;大学生要像中学生一样,由父母陪着在家督促着做作业。

据有关房产业统计,新建的高级中学和大学周围,房产特别好卖,尤其是小房型,原因是可以吸引投资客,把房子买了搞出租,出租给那些由父母陪读的学生。

房产业是好起来了,但我们的孩子却越来越"孩子"了。早晨要由父母催叫起床,时间差异以分扣准,起床后洗刷完,早点父母早已买好;晚上回来一声"累了",令父母心痛,先睡一觉,再吃晚饭,一把脸洗好,晚餐已丰盛地放在桌上;熬夜做作业十点一到,宵夜早已放在锅里了。如此学生生活,真不知道,20年以后的中国到底需要多少保姆。

有一次看到学校某一教室脏乱,批评学生几句,问他们"你家里也这样?"

有学生居然脱口而出:"家里有保姆。"

"那今后大家都这样,谁做保姆? 一个人要请几个保姆?"

学生说:"从外地请!"

"外地人不愿做保姆。"

有同学笑着说"从非洲请"。

其实,我们的教育已经无法改变这种现状了。

想到了《论语》中记载的一段文字:"子游曰:'子夏之门人小子,当洒扫应对进退可矣,末也;本之则无,如之何?'子夏闻之曰:'噫! 言游过矣! 君子之道,孰先传焉? 譬诸草木,区以别矣! 君子之道,焉可诬也? 有始有卒者,其惟圣人乎!'"

这里的洒扫、应对、进退,就是我们古人的教育,包括生活教育、人格教育。中国过去的教育,主要是人格的教育,采用的方法就是生活教育。孩子们进了学校首先要接受"洒扫、应对、进退","洒扫"就是搞卫生,现在的学生连地都不会扫,拿着扫把挥舞,反把灰尘扬得满天飞。擦桌子的灰尘,转身反而泼到墙上;"应对"就是讲礼仪;"进退"则是做人的道理。

强调了教育的知识能力传授,忽视了对人的基本生活教育,社会居然还能接受这样的观念! 那么多家长租借房子,为学生做"义工",真的又看不懂,又心疼。

20 年后这些年轻人能挑起大梁吗?

链接一:

放弃 20 万年薪,女高管陪儿高考

成都商报:刘姐曾是一家民营企业的高级管理人员,去年下半年,她辞去了年薪达 20 万的工作,来到重庆白市驿,成了专职陪读妈妈。

刘姐租的房子只有 10 多平方米,房里除了锅碗瓢盆,还有一张桌、两张床。这与她那有 200 多平方米、装修豪华、高档家电齐全的家相比,简直是天壤之别。

7 个月时间过去了,刘姐从一个骄傲的公司白领,变成了地道的家庭主妇。在这里,没人相信,眼前这个系着围裙的妇女,曾经是领导着好几百人的大公司经理。

《上海家庭教育时报》

链接二:

孩 子 的 声 音

一位上海的大学男生说:"从小到大一直是在妈妈的唠叨和爸爸的斥责中生活,之所以报考外地的大学,就是想脱离父母的束缚和庇护,过自由自在的大学生活。没想到妈妈非要跟着陪读,还想

在上海买房子,我大概永无出头之日了,想起来就够恐怖的!"

广西南宁大学一位女生表示:"父亲来南宁陪读,是他不放心我,而且他还干涉我交男友,我不能接受。"

广州一个被父母陪了3年的大学生说:"我觉得跟同学们的距离越来越远,很希望自己能回归到同学当中去,跟大家过同吃同住的集体生活。但我又不敢向父母提出回校住宿的要求,这样父母一定会不开心的,毕竟他们为我付出了太多的心血。"

人民网

关注孩子的朋友圈

　　我有两个孩子。儿子比女儿小 5 岁，他们上中学时，对于"朋友圈"的问题，我有约法三章。第一，要交几个志趣相同、互帮互助的"小朋友"。第二，好朋友，不只表现在吃和玩上，因此，不得在人家那儿吃饭，更不允许住宿在他人家。第三，我们家也不欢迎"小朋友"来访、吃饭、住宿。

　　两个孩子都很听话，虽然他们都热情、大方，但从不敢越"雷池"一步。而我呢，却把握各种机会，了解他们的"朋友圈"情况，从家庭情况到学习习惯，从兴趣爱好到性格脾气，并对他们的"小朋友"表示认同，只是对吃饭、住宿问题坚持不"开放"。

　　那年，女儿高考结束，心情忽然放松了许多，向我提出关于"两个朋友来家玩两天"的事，我知道她的两个同学：一个姓许，是班级的宣传委员；另一个姓吴，是班级的团支书。3 年同学、3 年同舍、又是 3 年同吃（将饭菜票放在一起使用），女儿有这么好的"小朋友"，我当然表示热烈欢迎。

　　像是迎接客人一样，我们作了一些准备，两位姑娘如约而至。我妻子对两位姑娘的热情大方、有礼貌，表示出极大的喜悦，席间不断地为她们添饭、夹菜；儿子见姐姐的两位朋友到家来，殷勤地泡茶、切水果，还不时地逗三位姐姐开心；我为我女儿能在高中阶段接触和交往这么好的"小朋友"而高兴、放心。

没隔几天，儿子也提出请求，他也要带"两个朋友来家玩两天"，这却是我没想到的。当时儿子才读初一，平时喜欢踢球，交的大多是球友。据我了解其中还有一位是不太守纪律的学生。对此，我无法直接回答。

儿子认为理由充分。第一，姐姐的朋友可以这样来玩，我也可以这样。第二，暑假生活太枯燥。第三，爸爸已经对"约法三章"表示了反思。对于儿子的要求，我是一家之长，当然拥有否决权。因此儿子的朋友无法来我家玩，至于儿子那时是什么样的心情，我也没法研究。

现在儿子大学毕业已经参加了工作，从他交的"朋友圈"来看，都比较理想，虽有个别在习惯上有些不拘小节，但他们能做到朋友之间互相提醒，并在不断进步。回想起这件事，我感到做教师难、做家长也难。家教的严格约束和家教的开放自由，是两个截然不同的教育理念。作为家长，对子女有个严格的要求或有个约法三章什么的，总比没有的强。

链接：

孩子交朋友是好事

我觉得孩子交朋友是好事，其好处是多方面的。

首先，这反映了一个孩子的心理发育正在走向成熟，心理需要很健康；第二，随着社会的进步，人与人之间的交往越来越频繁，交接朋友的能力显得越来越重要；第三，孩子有了朋友，朋友之间可以互相学习、取长补短；第四，可以激励孩子的竞争意识，几位不相上下的朋友最容易展开你追我赶的竞赛。

《好父母、好家教》魏书生

"密切关注"和"视而不见"

学生的早恋,在中学已成为一个不争的事实。随着生活水平的提高,学生的发育也相应提早,发育的提早使原本应在高中阶段部分学生中出现的早恋现象,在初中阶段也出现了。

"恋爱"的定义是什么? 如果男女双方有了好感,喜欢接近就称恋爱的话,那男女"授受不亲"的古语真的要成为现实,在成人世界更无法界定友情和爱情;如果恋爱是指以结婚为目的,男女双方的接近和好感的话,那么几乎没有一对我们曾经界定过的"早恋"是属于以结婚为目的。

人的感情在潜移和默化,当友情成为爱情的时候必须有一个较长的过程。

从学生的性心理发育角度来看,青春期初期的少男少女,对异性的好感和探究是一种极为正常的心理现象。人总有一天要走上这一条路的,有的人走得早,有的人走得晚,如果把走得早的人就称之为"早恋",那是不公平的。

人的一生是很短暂的,人初次与异性的交往又是人生中最纯洁、最美好的一段生活。我们是过来人,一个人到了 40 岁、50 岁再回头看自己的青少年时代,那一段与异性的交往、接触,那种与异性之间又想接近、又不敢接近,最终不管是选择了接近还是不接近的感情经历,往往是一生中最甜美、最值得回忆的经历。

因此,我们完全可以对诸如学生对异性的向往、亲昵、友好之感情、举动,实行"密切关注、视而不见"的政策。

所谓"密切关注"就是要求老师关注每一个学生的心理需求和变化,使之健康地存在;所谓"视而不见"就是要求老师不要看到少男少女"交往"就视之为"早恋",不要总以"语重心长"的说教或无端的指责、批评去制止,不要戴上有色眼镜,不能谈"恋"色变。

如果那种不以婚姻为目的的少男少女的交往、亲昵,都要硬说是"早恋"的话,那么依我说早就让他早吧。

链 接:

孩子早恋有时是家长促成

小利(化名)是一名性格内向、十分帅气的高一男生。父亲经常出差,母亲整天迷于牌局,没人与他沟通。在小利15岁生日的那天,母亲对孩子没有任何表示,而同桌女生却送给他一份精美的礼物。就这样,小利对这个女生产生了好感,两人越走越近。

据调查,中学生早恋的一般比例为5%~6%,沿海地区个别学校高达20%~30%。而尹老师的一项调查表明,约78%的中学生在青春期有过或者向往"亲密"的异性伙伴,但他们绝大多数只是美好、纯真感情的自然表露,而不是成年人理解的爱情。因此,家长们不要"误判",轻易给孩子贴上"早恋"的标签,这样只会强化早恋意识。

尹老师说,如果发现孩子真的陷入早恋之中,家长不要用自己的思维方式来要求孩子,把双向沟通变为父母单向的训斥、辱骂,甚至殴打,这种简单粗暴的施教方法只会使子女产生逆反心理。家长应该尊重他们的感情、理解他们的感受,在互相平等的基础上沟通,通过疏导、教育,让子女"自我觉醒"。此外,家长还应给孩子讲一定的青春期常识,让孩子知道这是一种正常心理,但是要懂得克制和保护自己。

《楚天金报》2005 年 11 月 14 日　邵娟文

初中生寄宿好吗？

在上海十三所寄宿制高中建成之后，有一些学校就办起了寄宿制初中，乃至寄宿制小学来了。原本应该就近入学的初中学生，也面临着对这类学校的选择。

在学生培养自理自律自主能力方面，寄宿制初中有着得天独厚的条件。那些过惯了小皇帝生活的"少爷"、"小姐们"，被"关"在一个学校读书，吃、穿、生活、学习都得自己来办，父母远离身旁，许多事情不做也得做，于是自主、自理、自律能力比不住宿学生相应提高得快，特别是当他们初中毕业后考入寄宿制高中的时候，生活和学习上的适应要远比从未住宿过的学生快得多。

寄宿制的学生在心理能力上一般比非住宿学生成熟得快，尤其是在为人方面。离开了单独生活的家庭小园，走入了集体生活的学校大环境，碰到了没有碰到过的、有着各种习惯和脾气的同学以及其他的许多事，于是如何"处人"成为寄宿制学生比其他学生学得更多的内容。

但是初中生寄宿也有其弊端。在他们年龄尚小、是非判断能力较弱的时候，让他们去了解人情世故，这种处人能力的成熟过早了一点且往往带有片面性。例如弱小者懂得了被人欺侮之后如何去讨好他人；强大者懂得了强中还有强中手，而去拉人结团；女孩

226　　　一位中学校长的教育旁白

子很快就懂得了做人要有点依靠,靠个强硬的男孩更好,如此等等。

因此是否选择寄宿制初中是因人而异的。

只是有两种学生必须得找到一所寄宿制学校。一种是父母太忙,每天不知道几点回家,等到回家时,孩子已趴在桌子上睡觉,作业没有做完,饭还没有吃。这类父母不少,因为初中生的父母都在一个"拼"的年龄阶段上——拼职称、拼岗位、拼升职等。

还有一种就是在祖父母辈悉心关照下生活的孩子。对于这类孩子,说他们"饭来张口、衣来伸手"一点也不过分。如果到了读初中的年龄,还是这样下去,那一定会毁了他。且不说在今后学习工作中会出现问题,连结婚成家都要有危机,哪个男孩子(女孩子)愿意去和一个什么都不会做的女孩子(男孩子)成家呢?

或许有寄宿制学校能解决他们成长中的诸多矛盾。

链接:

留给孩子一块属于自己的"领地"

很多家长对孩子过分保护,导致孩子从小丧失独立自理能力。事事由父母操纵,样样由家长裁定,孩子自由选择的余地非常小。这种家教方式扭曲了孩子的性格,使他们产生自卑心理,遇事唯唯诺诺,缺乏独立生活、学习能力,影响孩子健康发展。

事实上,孩子最希望在家庭中获得的是尊重、平等和自由。这些父母越俎代庖的行为不仅会对孩子的成长产生无形的障碍,而且常常引起孩子的反感,激发亲子间的矛盾。一项调查显示,翻看孩子私人物品、训斥打骂子女、过分干涉子女行为,成为孩子"不喜欢父母"的三大"罪状"。

社会物质生活条件的改善,使如今的许多孩子有了自己的居室。但是,孩子的心理空间却越来越小,一位中学生不无忧伤地说:"同物质条件的优越相比,我们期待的心理空间却显得十分狭小。除了读书,我们几乎失去了所有的娱乐,我们不能有自己的秘密,不能选择未来……"

进入青少年期,孩子对成人的闭锁性,对同龄伙伴的亲近与开放性,以及开始出现的对异性的朦胧向往,具有典型的年龄特征。这些在躯体上已基本发育成熟的"大小人",更是觉得自己已经长大,渴望摆脱父母的约束与羁绊。所以,现代父母千万不要轻易"侵犯"孩子的心理空间,要学会尊重孩子,要留给孩子一块属于自己的"领地"。

尊重和培育孩子的独立性,对我们现代父母来说有一个更新观念的问题。我们习惯于保护孩子,生怕他饿了、冻了、病了、累了、受欺负了等等,尽量事事代理,却没有想到这种"好心"埋藏着剥夺孩子自主生存、发展权利的祸根。我们总以为孩子长大了自然会独立,却没有想到人生中独立性的发展是有一定关键期的,抓住关键期容易培育,终生受益;耽误时间重新培养很困难,甚至贻害终生。

《文汇报》2006 年 2 月 27 日　章剑和

少年性教育成了真空地带

　　少女堕胎在今天已经不再是新闻,但近几年来这类人群出现了让人吃惊的增长速度,以至于在全国各地都成立了专门的救助中心来帮助她们实施手术。对于古老的中国来说是前所未有的现象,而这一切发生得如此之快,以至于人们没有足够的时间去了解这背后的原因。

　　对于这些身体长大思想却未成年的孩子来说,她们究竟是怎样看待自己的情感和身体的呢? 社会、学校、家庭应当为之负起什么样的责任呢? 这是每一个成年人都需要思考的大事。

　　科学研究显示,由于食品结构变化、环境污染和社会环境中大量的性暗示内容,全球青少年的性成熟年龄已由原来的 14 至 15 岁提前至 11 到 12 岁。

　　从 1981 年起,教育部已经要求在全国各学校开设性教育课程,但是,因为高考升学的压力,收效甚微。有一项针对中学生的调查,问"给你性意识影响最大的是什么",52.5％说是"报纸杂志",55.7％说是"影视广播","26.43％"说是"电脑网络",只有10％说来自学校老师。可见在这个问题上,学校的影响远远要低于社会其他方面。

　　这份调查结果虽然并没有提到家庭教育的影响,但我们在访问时发现,家长还是孩子们心目中在性问题上愿意信赖的对象。但是,我们的家长又对孩子关心了多少呢?又为什么会出现个别家长甚至连自己的孩子怀孕了都不知道的局面呢?

我国18岁以下的青少年中,5%～10%的男孩和3%～8%的女孩有过性经历或者性体验。在医学上,未成年的女性过早地发生性行为及流产,会对女性的身体和未来的健康带来很大的伤害。有数据显示,15～20岁的青少年是性传播疾病,包括艾滋病的高发人群,妊娠并发症和不安全流产已成为15岁到19岁少女的主要死因。但是他们中有多少人有性安全防护的知识呢?一些有过意外怀孕和堕胎经历的孩子,她们的年龄只有十五六岁,有的甚至更小。

那么像这样的性知识、性防范、性道德教育到底应该落实到哪里呢?

就家庭而言,一般父母很难找到一个切口和一个环境,与子女系统地、坦诚地谈论关于性的问题,似乎显得难以启齿。

从学校来看,教育行政部门是重视的,但是学校方面做得没有积极性,因为这学科不但不考试、不计分,更重要的是缺少一套系统的教材,也缺少一个良好的授课环境,也有老师认为难以启齿,因为性确实是一个私密性很强的话题,教师们怕讲不好。

于是,学生的性教育成为大家都管不到的一个真空地带。正是这样一个真空地带,让许多不健康的性知识、性道德,通过影视、网络、图书大钻空子。

前几天,看一个电视剧,说一个女人生了癌,就让她的丈夫去爱她的女友,原因是她爱她的丈夫,她更爱她的孩子,只有这样做,她在九泉之下才可以瞑目。结果她出国看病,两年后病愈回来了,她又去抢她原先的丈夫,于是编剧编出了一个20集的电视剧。依我说,如今这世界上的男人女人本没有那么坏,也不会那么傻,都是让电视剧给教坏了，我们的文艺是否也应有一点教育意识，少做这种"秀"？

推广到少年的性知识和性道德教育，媒体缺乏正面的科学的性知识传播，少年们得不到科学的性知识。那么，非法媒体和媒体中的非法现象大钻空子，将使我们青年一代产生更多的性感受、性道德的混乱和低级，造成不良的社会影响。

链接：

中国青少年首次"性冲动"在 14 至 16 岁之间

中国人口宣教中心当日发布的《青少年网上咨询青春期问题评估报告》称，进入 20 世纪 90 年代，中国青少年性成熟期普遍提前：女孩月经初潮平均年龄为 13.38 岁，男孩首次射精平均年龄为 14.43 岁，分别比 60 年代提前了 1 年和 2 年。青少年首次出现关心性事、性冲动、手淫、性梦幻以及想接触异性身体等心理体验的平均年龄在 14～16 岁之间，出现初恋、约会、拥抱、接吻、爱抚乃至性交低龄化倾向。

调查结果显示：男性提出"与青春期生殖保健"有关的问题最多，其次是"与性行为有关"的问题，其中有关"生殖器异常"和"手淫"问题最为突出。而女性则最关注"月经异常"和"与怀孕有关"的问题；依次是怀孕、避孕、流产等问题。对"与性心理有关"问题，女性最关心的是"月经"和"处女膜"，男性最关心的是"阴茎"和"遗精"；在"与性道德观念有关"的问题上，女性关心的是"应对性要求"和"性骚扰"，男性关心怎样界定"性骚扰"和"性诱惑"。

报告建议：开展青春期教育应在知识普及的同时，注重个性化问题的咨询辅导，在提出应该做什么、禁止或不能做什么的同时，还要明确地告诉他们应该怎样去做；而避免他们盲目摸索、尝试或从色情商品中学习扭曲的两性关系。应把青春期的健康问题作为教育的重要内容,使其正确认识自身生理特点,养成健康的生活方式。此外,应区分男孩和女孩的差异,有针对性地进行辅导。

报告强调:利用网络咨询方式进行青春期教育值得借鉴推广。网上以匿名方式进行咨询沟通,可解决难以启齿的问题,专家解答也可共享,并能通过交流讨论,达到"同伴教育"的效果。

龙虎网　2006 年 2 月 15 日

农民的孩子仍然苦

我的老家在郊县，因母亲年迈多病，还常回家看看，因此常接触到许多农民的子女，每每了解到他们的生活、学习环境，我内心总有一种同情，回到学校我对我的同事们说：每回家一次，我就受到了一次党的路线的教育。

早在毛泽东时代，缩小城乡差异就已成为政府的目标。改革开放后，农村的发展让我等孤陋寡闻者满以为城乡差异真的缩小了，可是当我从上海的郊区中学调入上海市区中学之后，我突然发现这几年城乡差异非但没有缩小，还在扩大。体现在教育上，农村教育仍然不尽如人意，农民的孩子仍然苦。

第一苦，农民孩子的生活水平仍然很低。

当城市学生每天为盒饭口味不好而大量倒入泔脚桶的时候，上海郊区农村学生仍有人从家里自带饭菜；或者是到学校食堂去打三两米饭，凑上从家里拿来的咸蛋充饥的；有的中学生不顾路途遥远，骑着自行车，来回半个多小时回家吃饭。

根据我观察，农村学生的营养状况比起城市学生来说，显得很差，在体重和身高方面仍有较大差距。在城市学生追求到名牌专卖店购买运动鞋、运动裤和名牌饰品的时候，农村学生一般还都在地摊上挑那些便宜的"假名牌"，以此来满足自己对时尚的追求。

因为他们的父母没钱！

第二苦，农民的孩子学习条件差。

在农村，尽管政府已经对学校增加了投入，图书、计算机等设备投入也比以前明显增加，但是这些东西仅能满足学校教学的一般需求，而无法满足学生个性发展的需要。城市里的孩子，有大量社会化的教育设施，诸如少年宫、少科站、体育馆、青少年活动中心一类。这些设施就在家边，要去参加活动最多乘一两站公交车就到，因而城市学生的课余生活十分丰富，只要你愿意学习，一个双休日学上两个"班头"是十分容易的事。

但是农村地域广、交通差，乡镇均没有很好的供学生活动学习的教育设施。学生回家主要做三件事，一是完成作业，二是看看电视，三是看父母打牌。农村学校也很少组织学生活动。如果你注意观察，可以发现，在上海市的艺术类、科技类、学科类重大竞赛中，农村学生很少榜上有名。

第三苦，农村的师资队伍越来越差。

改革开放之后，农村人口大量向城市流动，教师也跟着流动。住房可以成为商品之后，教师的住房的问题已不能成为制约教师流动的障碍。有能力、有路子的教师都从农村到城镇，从小城镇到大城镇，再从大城镇到市区。农村学校由于待遇差、生源差、信息差，教师地位也差，所以好教师已所存无几。而留存下来的教师们却持有诸多不佳心态，农民的孩子缺乏心态良好的师资。

第四苦，农民孩子未能享受到招生的平等。

教育行政部门每年"下放"了一部分市级名牌中学的名额到郊县，供优秀的农民子女到大城市来接受教育，而且近年来新建十多所寄宿制高中之后，这样的名额又增加了许多，但那数字实在太可怜，一个郊县近万名考生，市里各类重点总计也只有几十个名额下达，考入这些学校者真是凤毛麟角。于是政府也看到了这些问题，连年在金山、青浦、崇明、奉贤、南汇各郊县新建寄宿制中学,并分别称之为"示范性高中",享受市重点中学招生标准。这虽有市领导对农村教育投入的决心,但总有点翻牌子的感觉,能有几个市里的优质教师愿意到郊县工作? 又有多少有真才实学的外地来沪教师愿意为上海农村的教育事业贡献毕生精力? 因而郊区的"示范性"高中仍是农民子弟做教师、农民子弟当学生,文化的单一给学生的成长发展带来了许多不利因素。

如果说学习环境和生活条件是由于地域的现实问题而无法解决,由于父母的收入差异而无法均衡的话,那么由纳税人出钱办的公益教育资源,为什么在同一个市内,同样是学生,所享受的资源竟有这么大的差异? 城市的高中计划为什么不能再多划一点给农民的子女? 农村的学校为什么一定无法招收城里的学生?

在目前的情况下,我国的教育招生工作还是计划经济的天下,计划性是政府调控教育均衡的一大杠杆,那么为什么在排定各地招生计划的时候,不去公平地对待农民子女就读城市高中的愿望? 难道穿靴戴帽的郊区县级"市重点"中学一建设就能解决教育公平了吗?

目前政府正采取有力措施注重农村教育,但在上海这样一个世界级大城市中,农民子女教育环境的变化难道还需要像支援西部一样那么"文质彬彬"吗?

农民的子女们,没有什么路子就无法流向城市的优质学校;农民的子女们,父母也没有很多的现金去换取一个子女的优质教育;农民们无法凑足一笔资金在城市购房,让自己的子女在城市就近入学。于是无奈的学生碰上了心态不佳的教师,教的、学的,也就可想而知了。

农村教育的现状、农民孩子的苦处是否真的引起了政府的重视,这一点我不敢苟同。

农民们说:决定政策的都是城里人,他每天接触的是城里的事

农民的孩子仍然苦　　　235

物,听到的是城里的声音,接受的是城里校长的汇报。就算是一些从农村走向城市的政府领导,也没有几个不"三年忘了爹和娘"的,决策的市民化倾向已成为一种常规。因此做到真正关注每一个孩子(包括农民的孩子),还教育以真正的公平,不知要到哪年哪月。

三好学生不应该加分

不知从什么时候起,实行了在中考和高考中给三好学生加分的政策,于是这批好学生、好干部们就多了一层特权:在考试前,他就已经比其他同学多了一个砝码,或者 5 分,或者 10 分,也有 20 分的。

三好学生的加分政策,好像在文革前就有(我没作过考证),为的是当时的教育需要培养"又红又专"的"共产主义接班人",因为"三好学生"既然是"三好",那肯定就是"又红又专",肯定将来能接"共产主义"的班,因而加分也成了情理之中的事。

后来,十年"文革",张铁生这样的人需要推荐上大学,不需要考分,因而也不必评选三好学生,当然无加分可言。

恢复高考之后,这三好学生加分政策又得以重新实施,直至今天。

其实对三好学生加分的内含大家是比较清楚的,制定这一政策者的愿望也是好的,且有一定的社会背景。它是对那种只看分数,不看其他表现的录取方式的一种否定。不过给三好学生的加分仍然没有走出"分"的圈子,反而使"分数至上"的录取方式更加变本加厉。

这十几年来的招生政策不断改不断变,只有两项无法变,那就是招生考试的分数，以及被分数化了的三好学生的加分以及其他加分。它所产生的弊端是显而易见的。

第一，它增加了招生的不公平。众所周知，招生以考分衡量有许多弊端，当今社会不得已而用之，学生质量的测量水平不健全，社会诚信风气的不具备，都逼着社会只能用分数这一目前形势下最客观最公正的标准来录取。按这个道理说，评出来的"三好"学生只是好学生中间的代表而已，他在招生分数中加了分，而其他没评上的好学生没有加分，这合理吗？公平吗？就算这位三好学生真的出类拔萃，那么这 5 分、10 分、20 分又是如何得出的？这有据可依吗？

目前，我们正在进行的是全社会的反腐倡廉工作，这一工作已深入社会，也深入到学校，有的地方还纳入了校本课程。但是由于"三好"可加分，又由于"三好"只是好学生中的代表，所以其可变性和严肃性就不够。每到评选时刻，就有许多人通路子，也有学校给本校教职工子女以特权，这三好学生的评选很容易搞成幕后交易、权钱交易。由于三好学生的评选也需要学生的参与，因此，候选者大肆拉票，甚至有个别卖票的现象出现，给校园的清明廉洁泼了一盆污水。

不管怎么说，现时的学校还是一块文明的高地，但这三好学生的加分政策给教育抹黑，让大多数学生看到了社会对人不公正的一面，实在应该取消。

其实，"三好学生"是客观上存在的，是好学生中的代表，之所以他能评上，最多就是在几个方面都发展得比别的同学好，那么，"三好学生"应该要还其本来面目——这是一个称号，更是一种荣誉。

如果在中考与高考中取消了加分的政策，让这一荣誉真正地成为荣誉，那么，我认为适当增加市级、区级"三好学生"的比例就显得更为重要。让更多的学生理解这种荣誉的含义和它的高尚，那么"三好学生"的形成过程、评选过程，以及今后的保持过程，都可以成为激发学生进步、成长的强大动力。

链接：

湖南同等分数可优先录取，三好学生高考不加分

今年湖南省对高考加分政策进行了调整，分别取消了在服役期间荣立三等功的退役军人、省级青少年科技创新大赛获奖者以及省三好学生和优秀学生干部的奖励加分。

据湖南省教育厅高等教育处介绍，省级三好学生和优秀学生干部等考生可获得在同等分数条件下的优先录取资格。

据介绍，省级三好学生、优秀学生干部的评选主要由各地区制定规则进行。由于可在高考中获得加分，这种评选工作中的人为因素占了很大比重。有的家长为给子女"弄"个三好学生桂冠甚至不惜采取行贿等手段。

人民网　2006 年 4 月 15 日

孩子的事，让他们自己解决

小学生刚形成对事物的价值判断，初次认识到什么是对的，什么是错的，于是碰到问题时喜欢向教师报告、向老师告状的小学生特别多。

为了满足学生的欲望，也为了表示教师对某一事物的正确意见，教师总是去处理。如某某打了某某，就说："打人是不对的，快向对方赔礼道歉"，学生也照样去做，最后一笑了之，完成了一次对与错的评价。

读到中学，小孩子长成了大孩子，他们忽然发现，这种评价没有意义，也发现教师的评价和处理方式是多么教条。如果有一天，学生之间有了矛盾冲突，一旦被教师发现，对学生来说那是最倒霉的事，不但需要检讨，还要假惺惺地赔礼道歉，尤其是要与小学生一样表决心，说出自己错在哪里，今后不犯。

于是大孩子们就在老师前后各施一套，碰到矛盾或冲突后总是不希望老师知道，也没有人来向老师告状了。

教师们被蒙在鼓里，什么都不知道。

这样的事情在学生圈子里发生得很多。其实，我们做老师所知道或要处理的，只是学生发生的是非中很小的一部分，这部分之所以被发现，或是被人告发，或是还有几个幼稚的喜欢打小报告的人,当然也少不了教师"安插"在学生之中的几个小干部。

因此越是工作认真的班主任,越是事情多,这些教师常常陷入学生事务堆、是非堆中无法自拔。

依我看,学生的事(指他们之间的是是非非和冲突),根本不需要教师去介入,应该由他们自己解决。由他们凭着学生圈里形成的价值判断、公平法则去解决。这犹如一个学走路的小孩跌倒在地后,请父母不要去扶他,让他自己爬起来再走一样;至于他是怎么爬起来的,就不必父母去研究关照一样。

学生中间的矛盾,他们有他们的法则,有他们那个年龄的判断,成人的法则和判断与他们不一样,因而用成人化的手段和方法,反而会使矛盾激化。

哪怕是一件同学之间的打架事件,请你千万别当一回事去处理。你没有看到,他们刚打完架,就去扶起对方,为对方拍去泥土的情景;你没有看到,今天把你的铅笔盒丢在地上,吵得双方互不相让、痛哭流涕,明天两个人又一起进食堂坐在一个桌子边吃饭说笑的现象。

为什么学生双方一出问题,有教师就把一方或双方家长请来呢?家长和教师又为什么一定要对这件事说出一个是非曲折来呢?对学生问题的处理模糊一点不好吗?让孩子自己去解决不更好吗?

教育要培养学生的自理、自律、自强、自主的能力,学生问题的发生对学生来说是一次教训,也是一次经历。没有这样的经历,学生还会长大吗?

我曾接待过一个学生家长,说他的儿子经常受人欺侮。理由之一,某生入寝前洗脚后,为了爬上铺,总把脚踩在睡在下铺的他儿子的被子上;之二,某生经常用手拍打他儿子的肩和头,希望校方出面处理对方学生。

接到这样的反映,我问家长两个问题:

第一,这两个动作是否真的构成欺侮,请认真分析。

第二,就算是欺侮,为何一个十二三岁的小孩碰到这样的问题还要父母出面向对方的领导反映。

一个小孩住宿在校,可以向老师反映自己被欺侮的情况,也可以向父母反映情况,教师也可以去回应、去处理、去批评教育对方的学生。那么,三年五年,十年之后怎么办? 那时候他走上了社会,难道与他人有了矛盾时还来找父母反映,来取得对问题的解决,或者非要找派出所长不成?

链接:

让孩子学会和同伴相处

"在独生子女时代,传统的一家一户的教育方式已经不能教育好自己的孩子。"中国青少年研究中心副主任孙云晓说,研究表明,一个孩子没有朋友,将比考试不及格的后果更严重。如果一个孩子没有朋友或者不爱交朋友,家长一定要重视。

在家长看来,孩子们在一起容易打架,他们更担心自己的孩子吃亏。孙云晓却认为,小孩子打架也是一种成长体验,大人最好处理方式就是不管,让小孩吸取打架教训后再次交往。

孙云晓说,每个人在群体中的地位是不同的,按照心理学的研究有三种:第一种是明星,第二种是处在一个中间状态,叫游离者,第三种最惨,叫被拒绝者,被拒绝者经常有消极心态。

北京师范大学出版社副总编辑叶子对此深有同感,他说:"有的家长智育第一,忽视了孩子的性格教育和情感教育,酿成了很多家庭和社会的悲剧。"

孙云晓说："要让孩子感受到，一个人只有在群体之中才能获得快乐，只有心中有别人，才有快乐。"

《中国青年报》2005 年 8 月 18 日

还是医生开处方

从我教书到当校长的这二十多年来,我接触过无数的家长,他们大多通情达理、容易沟通。

但有两类家长比较令人头疼:一类是从不关心自己的小孩,孩子交给学校,读了三年书,不问不闻;连孩子的班主任姓什么也不知道。

另一类则是热心过头,有事没事往教师家里打电话,甚至还要把电话打到校长那里,告班主任或任课教师的状。这些家长往往文化层次、社会地位都较高,如某些干部,某位教授之类。

如果仅仅是关心倒也罢了,问题是他还要告状,还要干涉教师的教学工作、冒充内行,对这样的人我不知说什么好。

有一次,晚上已是九点了,接到一位家长的电话,电话那头自我介绍:自己是某高校某系的教授,孩子在贵校初二读书,想向你反映一点情况,希望李校长拨冗俯允听一下。"拨冗俯允"四个字,我想了半天才回过神,那边早已讲了许多话。原来他的孩子在语文考试中得了不及格,古诗词默写十句错了五句。

"学校应当开发学生的智力,我们不应该沿用为时代所淘汰的死记硬背的那一套东西,默写所谓的名句究竟对培养学生的语文素养有什么用呢?"

我是语文教师出身，自以为知道应该怎么样学好语文，我耐下心来让他说完，又不敢发作，生怕脱口而出说他"不懂得语文，就不要乱发言。"

那天晚上本来情绪很好，却被一位家长"教导"得丧了底气。

我并不反对学校与家长互相沟通，但我从来对打小报告、告状的人很反感，何况教授所批评的那位语文教师是一位认真负责的好教师，她抓的一切也是我所倡导的。

这几年教育中花样百出，尤其语文教学的新理论新名词层出不穷，但是基础不扎实、知识积累不够的现象很严重，学生读了九年书，做了无数问题，字写坏了，肚子里货色没有多少，该背该记的东西不背不记，结果文章不会写、话不会说。所以我提倡返璞归真，扎扎实实搞读书，抓了一阵子效果倒也不错。

谁知因为教授的儿子没考好（不过是一次测验罢了），竟然全盘否定我们老师的工作。韩愈说"术业有专攻，闻道有先后"，教授有自己的专业，但不一定太精通语文教学，因为语文教学也是一门专业。类似这样的沟通我无法苟同。

美国人林格伦的《课堂教育心理学》说："教师要养成专业意识。"但是我想，我们做教师难就难在这里。律师办案决不会听从当事人指挥，工程师也不会听从一般工人的建议，医生给人看病决不会听病人指挥而开处方。这些专业人士只听从内行人的意见，唯独教师往往最容易受别人影响，尤其是语文教师。

有些人认为语文就是那么回事：识字谁不会？读书谁不会？于是遇到语文教师，他们就动不动要来发一通"高见"。如果每位家长都发一通自以为是的"高见"，教师听谁的好？筑舍道旁，何日可成？

事实上缺少经验的教师的确存在，他们虽得到了一些专业培训，还有待成长，如果一些"门外"专家们干扰太多，更不利于他们的工作。

　　所以，我遇到这种状况时，总是耐心地向对方解释，听不听是别人的事，但我认为正确的做法就一定会支持教师去做，并告诉他们："医生是不会听病人指挥而开处方的。"当然，学生不是病人，这里仅仅是一种比喻的说法，我所注重的是：教师应当看重自己的专业，每个人应当有专业意识。

第六章

曾子曰:"士不可以不弘毅,
任重而道远。……"

——《论语·泰伯》

为"死记硬背"正名

为"死记硬背"正名

养成"读"书好习惯

中国古代的私塾先生教书,首先是让学生读书,也因此把上学称为"读书"。

那时的学生读书读得口干舌燥,读得摇头晃脑;现代的学校,学生"读"书的机会日渐减少,教师们也常简单地把"读"作为一种手段,认为"读"就是为了理解。学生呢,似乎读书就是读通而已,只求理解,不愿多读。

所以有必要把这读书之"读"的方式进行界定。

其实读书有三种不同的形式。

1. 默读:主要表现为不出声音,这种阅读速度较快,近年来又有关于速读的训练,它强调的是速度的训练,目的是提高阅读效率。这种读书看头、看尾、看材料,用眼睛扫视阅读材料,速度很快,符合当今知识爆炸、生活节奏加快的社会特点,但它有缺点,就是一般较难细心品味出文章的深刻含义。

2. 诵读:这是出声地、有感情地去朗读文章,采用这种方法读书,速度当然不会很快,但须感情投入,容易读得深入其境,也可以通过语言的感染来进行创造。

诵读是"读"书的主要方法,可以增加信息量,也可以提高人的语感水平。

3. 小声读：这也是出声读，速度较诵读快，它的作用介于默读与诵读之间，也是我们平时常用的读书方法。

4. 吟读：上海师大附中有位彭世强老师，他不但倡导学生诵读古代诗书，而且将"诵"改变为"吟"。所谓吟读，按照古诗文的意义，配上一定的曲子，这种曲子，可以是现成的引用，也可以自己随便编选。这种吟读很有意义，因为吟者需要感情的投入，而感情常常是有感而发，可以把人引入对古代诗文的深入研究。

四种读书方法都有自己不同的作用，但是有的学生只使用一种或两种，尤其不愿开口诵读，总认为出声诵读与不出声阅读同样是读，而不出声阅读又省时间又省力。其实这种想法是错误的，长期不愿出声朗读的学生，语感不好，平时讲话往往不够流利，写起作文就会无言下笔；而有的学生只注意小声诵读，也有指读的，但是这种办法往往只能完成熟悉课文内容的任务。

我们提倡：四种读法都要使用，低年级学生尤其要多诵读，把文章读得情感充沛，读出语感来。哑巴语文和哑巴英语都是要摒弃的。

沉着、仔细应对考试

考试是几千年来衡量一个人文化水平和选拔人才的主要方式,中国有,外国也有,以往的做法是把考试分数作为唯一的衡量一个人水平的方式,造成一张试卷定终身的不合理局面。

对于考试和评价,今后会有许多改革,但是考试会长期地存在下去,谁也回避不了。

既然考试回避不了,就有学生如何对待考试的话题。其实考试不可怕,考试是平时学习质量的一个必然反应,有的同学考试没得好成绩,却不说平时"没学好",而是说"没考好";更有人说"运气不好",那是很片面的观点。但在现实生活中,同样的学习质量却在考试成绩上有很大的差异,究其原因其实是与考试时的心理状态有关。

面对考试,我们应做到:

1. 考试前:认真复习才能临阵不乱,这个认真不应是心理的高度紧张,而是在复习安排上的周密、周到、抓住一切时间。心里虽有个目标,但复习没有措施,那么这个目标必然是空的,这个目标只会造成心理紧张,考试也不会有好成绩。

2. 临考时:要有较宽松的、愉快的心情,要注意休息,寄宿生在临考前夜要注意调节,睡好觉,早上也不能太早起,否则清晨太亢奋,考试时大脑会疲劳的。临考前一个小时还可以复习一些需要强记的公式、单词和古文等,因为短期记忆的效果往往是很好的。

3. 考试时:要排除一切杂念,什么母亲的叮嘱,什么名次的争取都别想,而是全神贯注地读题、解题,认真仔细地完成考试。

还要排除一切环境干扰,尤其是旁座同学发出的声音。考试中,有时会看到有的同学提早交卷,其实,一般而言,出卷教师对考试时间是有严格估算的,会留一段时间让你复查的。如果有的人心急火燎地考完(写完)就交卷,那就会失去许多分数。所以不必因为有人提早交卷而自乱手脚。

4. 有的学生考试心理不够好,一上考场心里就慌,一拿到试卷手就会发颤,甚至还有比这更严重的。这种情况是因为对功课把握不好,而自己又太想考好导致。其实,只要你想一想,考得好与不好,都在脑子里准备了,紧张根本没意义。碰到这样的现象,你不妨把眼睛闭上,让大脑出现空白,做一次"打坐"式的放松,喝一口茶水或咽几口口水下去,大约一分钟之后,你就会镇定多了,这时候再做试题,会更有把握。

其实考试本身不可怕,只要我们摆正心态,沉着仔细应对,一定能考出好的水平。

链接:

自信是成功的第一秘诀

一个人要使自己在考试中具有坚强的自信心,需要以下几个因素:

1. 充分的学习和充分的准备;

2. 经得起胜利和失败的考验,胜不骄,败不馁;

3. 不甘落后,有自强不息、奋发图强的精神;

4. 掌握自信心的训练技巧,反复进行心理训练。

自信心的训练之一,就是想你会成功,不要想你会失败。

自信心的训练之二,是要面对挫折,相信自己有能力转败为胜。

陕西有一位女中学生高某,进高中时被分在最差的普通班里,每次考试都被排在一百多名以后。高二以前,其物理、化学从没达到过 80 分,60 来分的成绩是"家常便饭",这种成绩是难以考上大学的。但是她没有向挫折屈服,她从小就有过非考上北京大学念想,这一直鼓舞着她不断去努力。高三以后,她制定了详细而周密的学习计划,抓紧时间、巧选方法,不断提高学习效率,针对自己的弱科数学,她要求自己每天做两个小时的数学题。平时,她用上北大的志向鼓舞自己,用"天将降大任于斯人也,必将劳其筋骨……"的名句激励自己。五个月的努力使她达到了年级的第一名,并于 1997 年以 769 分的成绩考取了北京大学。她深有体会地说:"坚毅、自信和勇气是高考给予我比成绩好一万倍的礼物。"

5. 学会保持头脑冷静。考试时,如果头脑冷静,能提高答题的水平,增强获胜的信心。

有位很有经验的高考状元说:"坐到考场上之后,要平心静气,可以闭着眼睛静坐,使自己脑中一片空白,从而达到安静的目的。如果还安静不下来,可以擦一擦眼镜,或把手绢折叠方正等等;只要使自己暂时别太挂心考试就可以。"

6. 考试遇到难题,则可以进行自我心理调节。

方法之一是采用自我暗示法,自我鼓励说:"难易大家都一样,我能成功!"

方法之二是闭目片刻,或做几次深呼吸,这都有助于心理平静。

在考试中正常发挥自己的本领是可以训练的。安徽有位高中生在这方面深有体会,他在第一年的高考中,由于过于紧张,考试落榜了,他又复读了一年。他说:"复读的那一年里,在老师的帮助下,我有意识地进行了这方面的练习,平时注意培养自己的'高考意识',把平时的每一次测验、考试都当作是高考,平时的锻炼使自己慢慢适应了高考的氛围,真到高考的时候,情绪自然就缓下来了。"这位同学最后一举成为当地的高考状元。

学 会 做 笔 记

所谓"好记性不如烂笔头",说的就是记笔记这个道理。随着学龄的增长、年级的升高,老师讲解的东西将越来越多,许多东西在课堂里一下子来不及记住,也来不及消化,必须得放到课外再去细心领会、认真思考。因此,在上课时把老师讲话的重点记录下来,便于课后复习用,是学习的一个重要方法。

记笔记一般要注意以下几点:

1. 记录老师讲课的提纲。

2. 记录老师讲课时最生动精彩的语句。

3. 记录自己对老师讲课的感想或不能理解之处。

记笔记是个好办法,因为记笔记就是一个听课的过程,整个过程中你的大脑在高效率地运转,你会去思考老师讲课的重点和难点,从这个意义上来说,记笔记提高了听课效率。有学生依靠课后抄他人笔记来复习,这种意义就不大,至少他没有把记笔记这个环节用起来。

整理笔记,是指笔记记到了一定时间,有了一定的笔记量,将你的笔记进行一次总结,并使之条理化的一种方法。这种方法就是将一个阶段(一学期或半学期)学到的呈局部状态的知识进行归纳,形成一个知识的框架,便于从更高的层次上去记忆知识、理解知识、运用知识。

整理笔记其实也是一次复习。这种复习方式,通过整理,再现当时的课堂情景、在大脑中巩固已存的知识点,并将许多独立的知识点进行点与点的衔接,产生新的有意义的知识能力模块。

整理笔记一般要注意以下几点:

1. 要注意分类归纳,如语文的文学常识,字、词、句、段、人物分析;英语的词性变化,句式操练;物理的难题解法、实验操作等等均可按不同的形式分类。

2. 要注意知识之间的联系和前后顺序,如几何中这一定理与那一定理的关系。

整理笔记的过程是一个回忆的过程,也是一个再学习、再思考的过程,能搞清楚知识之间的联系。

因此做好笔记整理工作,你的学习效益一定会提高。

链接:

做笔记的三大意义

1981 年心理学家巴纳特等以大学生为测试对象,研究了三种听课方法的效果。他们把大学生分为三组,同时听一段含有 1 800 个词的美国公路名的录音,其朗读速度是每分钟 120 个词。三组被测试者分别以不同方法听录音。

A 组一边听,一边做笔记摘出要点;

B 组在听时能看到已列好的要点,但自己不动手写;

C 组单纯听讲。

听完后进行回忆测验,结果自己动手写摘要的 A 组成绩最好,看摘要而自己不动手写的 B 组成绩次之,单纯听讲的 C 组成绩最差。

英国心理学家维特罗克曾经说过,脑不是被动的信息吸收者。相反,它积极构造自己对信息的理解。也就是说,它虽然对经常输入的刺激作反射性反应,但它不是一块被动的学习与记录外来信息的"白板"。头脑内原有的记忆和信息加工策略与从环境中接收到的信息相互作用,以便选择和注意信息,并积极构成意义。

在这种学习理论指导下,维特罗克提出了一系列由学习者采取的旨在促进学习的具体技术叫"生成技术"。

笔记就是一种生成技术。做笔记对促进学习有重大意义,至少有三个好处:

(1)做笔记有助于指引注意。积极认真做笔记,有助于学生将自己的注意指向某些内容。

(2)做笔记有助于发现知识的内在联系。学生在学习过程中,写摘要、评注、列小节标题或写概括语等活动,是对所学知识的再认识过程,这些活动有助于发现所学知识之间的内在联系。

(3)做笔记有助于记忆。一般人很难将自己读过的书中所有重点及相关细节一一记住。

思考问题方法谈

　　世界上的许多问题本来就是十分复杂的。每个事或物（即问题）都有它自己的存在方式：是物的，必有形，必有状，有色有质；是事的，必有因，必有果，有来龙去脉。而且问题不可能独立地存在，每一个问题的内部都有联系，它与其他事物也密切相关，常常是牵一发而动全身的。

　　在日常的学习中如果学会了多方位、多角度地思考问题，便可以产生多种解决问题的方案，从而在其中进行选择，这样可以达到解决问题的最好效益。

　　那么，如何做呢？

　　1. 要善于观察，即把问题（事物）的方方面面看清楚。这是思考问题的基础。

　　要看清楚问题的各个方面，必须站在不同的角度去思考问题。

　　如某一天晚饭后，康康望着电灯，向全家人说出了自己一直担心的一个问题："如果忽然停电了，会发生什么事情？"

　　在化工厂的爸爸回答："化工厂将会发生爆炸。"

　　当医生的哥哥回答道："正在动手术的病人会发生生命危险。"

　　当秘书的姐姐回答说："来不及存盘的文件将丢失。"

　　球迷弟弟说："足球赛转播将被迫中断。"

妈妈则兴奋地说："那我们就不用付电费了。"

由于观察问题的角度不同,康康一家人面对同一问题,却作出不同的应答。

所以当你在观察问题的时候,可站在不同身份人的角度去观察,就会获得意想不到的效果,如此操作,可以打破思维的定势——学生单一身份的角度被打破了,自然会得出与众不同的结论。

2. 要善于分析,分析就是把问题(事物)之间的各种关系搞清楚。

影响一个人思维的除了身份、价值观念以外,最主要的是你的知识储备。如果你的各方面知识储备得十分多,又掌握得非常好,那么知识之间就能融会贯通,就可以从纵向的、横向的,自然科学的、人文科学的等各方面多角度地观察生活,这样的观察结果,才能符合事物的本来面目。我们要学会调动那些储备的知识,使它在你的分析中发挥作用。比如我们可以想到停电的原因、解决紧急停电的方法、居民楼的电力设施等等,它们之间的联系和关系可以帮助我们找到解决问题的最好方法。

3. 要善于比较选择,有时解决问题的方法往往不是唯一的,而有好几个,这好几种方法,往往显得各有利弊。司马光砸缸一举,就是一种经过衡量利弊后得出的结论,在救人和砸缸之间作了一个比较,谁轻谁重就显得一清二楚了。我们一定要在比较中选择解决的方法和手段,只有这样,问题的解决才会变得通畅而顺利,合情又合理。

我常强调事物的关系因素是多方面的,因而我们在思考问题时需要多角度、全方位。但是仔细想想便会发现一大问题——面对这么纷繁的因素、如此多的角度,有的时候反而找不到解决问题的方法。

先看这样一个生活实例：三人购一台热水器。我们走进一家超市，与父母一起去选购一台热水器。在考虑选择热水器的问题上，就有许多方面的内容：产品价位、产品外形、售后服务、产品质量、出产厂家等等。于是父亲所选中的、母亲所选中的、我所选中的一般来说不会是同一台热水器，因为不同人从不同的角度去看问题，得出的结论也就不会相同。

这种情况下，我们就要很有条理地思考问题。

我们可以这样排一个序：

产品质量——售后服务——产品价位——产品外形——出产厂家（当然不同的人，有不同的排列办法）。根据这些因素，一家三口就可以统一思想，选购好热水器了。

因为事物因素十分复杂，如果不认真分类，就会显得杂乱无章，所以在思考一个问题的时候，我们要把事物的有关因素分成不同的类别。

一般而言可以把事物的有关因素分为下列类别：

1. 把事物的有关因素分解成外、内，远、近等相关形式。

2. 把事物的因素分成简单的和复杂的形式。

3. 把事物的因素分解成重要的和次要的形式。

这三点只是在思考问题时的三种选择，有了这种选择，问题的顺序就能排列出来，我们就能按顺序逐步逐个地去分析、去解决，那么问题的解决也就得心应手了。

链接：

思维的宽广性品质

中国革命和建设的经验昭示我们：在实践中看问题、办事情，如果只在一个狭窄的领域里思考，只看到单向的因果联系，只看到一个方面的利益,而不把事物放到更宽广的领域,不"立体"地去考察处理问题,只见树木、不见森林就不能全面地权衡利弊,作出正确恰当的决断。

思维的宽广性,就是要我们在认识和处理问题的时候,不要把视线只盯住一点,而要拓宽思维的空间范围,做到眼观六路、耳听八方,力求"思接千载,视通万里",进行"全方位"的观察思考。而且还要从对事物单向因果关系的分析,发展到对事物整体结构及其功能的研究,从单值的考虑发展到多值的考虑,既要对事物作纵向比较,又要作横向比较。

只有这样的审度事物、思考问题,才能洞察事物的底蕴,了解事物发展的趋势,把握事物的运动规律。只有这样思考问题才能全面地权衡利弊,从而制定出指导行动的最佳方案。

完成作业三步曲

如今学生的作业量显得很多，做作业是学生的家常便饭，初中生的作业比小学生的作业多得多，高中生的作业就更多。

教育主管部门疾呼要给学生减负，把沉重的作业负担减下来，看来要真正做到这一点还有待时日。

于是我们学生面对现实，倒不妨在提高作业的质量上多想办法，使你的辛勤付出得到更多的收获。

我建议应当要养成做作业的好习惯，因为如果做作业的习惯不好，即使你天天忙于作业，效果也不会很佳；如果有好的作业习惯，虽然花的时间不多，却可以有很高的作业质量。

我们中学生，不管是做什么学科的作业，一般都要完成这样三个步骤。

先看笔记、看教材，回顾老师今天讲课的内容。即我们所说过的放电影，把白天老师的讲课结合课本内容再回忆一遍。因为一般而言，作业常常是课堂教学的一个检查和补充，所以先进行回顾，能使作业做得顺利。

第二，做作业，先要仔细认真审题，看清老师布置的作业要求，然后认真答题。有的学生认为做作业是考察你懂不懂，所以我如果已经懂了就不必做了，这是一种错误，你必须要把每一次的作业都视作正规的考查。一旦认真审题的习惯养成了，又能认真对待每一个问题，就有利提高学习质量。

第三，做好作业后要进行复查，这是做作业不可忽视的重要环节。有的同学做完作业，就认为万事大吉，其实由粗心、笔误等造成的错误或多或少地存在，通过检查可以发现问题、修正错误。

常听家长评价子女时说，我那孩子特聪明，但考试成绩不好，主要是粗心大意。家长的意思是说粗心不是问题，于是许多学生做事粗枝大叶，不讲质量的习惯就养成了。这其实是今后学习、工作的一大问题，不可小看。

有的同学嫌作业繁，有的学生嫌作业难，但不管是难是繁，作业肯定会有，也一定都要认真做。字要写得端正清楚，内容要做得正确无误，要做到这样的水平惟有走完上述这三步不可。只要做到了以上三步，那么繁的也就不繁，难的也会不难。

链接：

怎样做作业才更科学呢？

做作业是学习过程不可缺少的重要环节。

首先，做作业的目的是进一步消化、理解课堂上所学的知识。从心理学上讲，知识的学习要经历三个阶段，即新知识的获得、知识的转化和评价。知识的获得是我们在课堂上通过教师的讲解最初获得新知识的过程；对知识学习的评价是通过测验、考试等手段实现的；而做作业正是完成知识转化这一过程。

其次，做作业也可以检查自己课堂学习的优劣。如果做作业时很顺利，拿起作业题便迎刃而解，说明课堂上对所学知识掌握得比较好；如果拿起作业题时不知从何下手，连看书也找不到适当的地方，这说明你在课堂上对所学知识没有真正弄懂。

第三，做作业可以发展学生的思维能力，提出问题、解决问题的过程是一种思维过程。学生在做作业时，面对着各种问题，经过自己的独立思考、深入钻研，不仅使所学知识得以理解、巩固和应用，而且也培养了自己的思维能力。做作业包含着各种形式的思维训练。

　　做作业的益处很多，但盲目地、稀里糊涂地做作业，走捷径、抄作业，这些好处便荡然无存。

提 高 注 意 力

　　什么样的人是"聪明"的,目前还没有一个可以测量的标准,但是以我的观点,注意力容易集中,而且集中时间相对长、记忆能力好、思维能力强是"聪明"的主要标志。

　　因此要成为一个"聪明"人,首先要在提高注意力方面作出努力。

　　人的注意是一种心理活动,它指的是人对某一事物的指向和集中。注意的指向性和稳定性能决定办事效率的基础。对学生来说,能提高学习效率。

　　以下列举几种提高注意力的有效方法:

　　1. 静心法

　　即把心沉下去。

　　这种办法主要通过静坐放松来训练,使自己的心静下来,减少头脑中各种纷乱的情绪和信息。

　　静坐的具体操作方法为:静坐——安神——闭目,让大脑一片空白,以达到精神的放松。这种办法一般为急性子的人在心乱意烦时使用。

　　2. 外部刺激法

　　即通过外部刺激的办法。

这些人的主要问题是做事提不起精神,因而注意力较差。通过刺激可让自己兴奋起来。

具体操作方法为:按手背部的皮肤——按太阳穴——转换颈部,加以强刺激。这种办法一般为精神不振者使用。

3. 告诫法

这是一种心理内部动力的调整。

这种人注意力不够集中的问题,主要是没有内在动力,没有动力的原因是没有明确的目标,或是虽有目标却无法经常告诫自己,因而注意力也表现得较差。

具体操作方法为:在醒目的地方写上座右铭进行内心暗示,也可以定时思"过",以进一步明确自己的目标,这种方法一般为做事无目的、办事没有内在动力的人使用。

4. 抗干扰法

即训练自己的选择、稳定能力。其目的是提高自己的抗干扰能力,将注意力集中指向某一方面,让注意稳定的水平提得更高,使注意的活动时间更长。

具体操作方法为,选择一个干扰源较多的地方去完成自己的学习任务,使自己达到"一心一意"、"两耳不闻窗外事"、"如入无人之境"的境界。这是一种较高层次的训练办法。

链接:

天才,首先是注意力

在我们的学习过程中,注意力是打开我们心灵的门户,而且是唯一的门户。门开得越大,我们学到的东西就越多。一旦注意力涣散了或无法集中,心灵的门户就关闭了,一切有用的知识信息都无法进入。

正因为如此,法国生物学家乔治·居维叶说:"天才,首先是注意力。"

因此,当你因注意力无法集中而影响学习、倍感苦恼时,不妨采用以下方法来矫治:

(1)养成良好的睡眠习惯。

(2)学会自我减压。

(3)做些放松训练。

(4)做些集中注意力的训练。

注意力的集中作为一种特殊的素质和能力,可以通过训练来获得。

方法之一:运用积极目标的力量。

方法之二:培养对专业素质的兴趣。

方法之三:要有对专业素质的自信。

方法之四:善于排除外界干扰。

方法之五:善于排除内心的干扰。

方法之六:节奏分明地处理学习与休息的关系。

方法之七:空间清静。

方法之八:清理大脑。

方法之九:对感官的全部训练。

方法之十:不在难点上多停留。

背诵就是要"诵"

背诵是指凭记忆念出读过的文字。它的重点是"诵","诵"就是出声"念",也称为"诵读",不看书本能"诵读"就叫做背诵。

背诵是学习中用得最多的方法,也是学习中无法摒弃的记忆方法之一。"熟读唐诗三百首",讲的就是这个道理。

为什么这样说呢?因为背诵时,声音从口中出来,这声音又传入耳朵,然后进入大脑,它牵涉到了多种器官的并用,因而比其他记忆方法增加了一次记忆(口念、耳听),也就是说达到了事半功倍的效果。古人读书总是念得摇头晃耳,然后长久难忘,就是这个原因。

背诵要掌握时间,要注意环境,在有利于记忆的时间和环境中去认真背诵,这样效果更好。

从时间来说,清晨(头脑清新时)、临睡前(注意力最集中时)都是较好的时间;从环境来说,朱熹说的"须整顿几案",就是讲究一个环境。

背诵的环境好,可以提高背诵的效率,如在干净清新的空气中、校园内、树林下背诵,那儿氧气充足,可以增加大脑的活力。背诵的效率还与人的注意力集中有关系,注意力越集中背诵效果越好。比如说挑选安静而无人干扰的地方,人的意念全部专注在背诵的内容上，可以产生如入佳境的状态。

背诵还可以借助其他方式为辅助手段来提高效率，如默念、抄念等等。其实默念和抄念是背诵的一种反复辅助动作，这些动作的作用就在于调剂你的注意状态和紧张心理，使其达到弛张有序的境界。此外，抄念还是一种检验背诵效果的好办法。明朝张溥的"七录斋"就是一例。

总之，充分调动心、眼、口、手、耳这几种器官，就会提高背诵的效率。如果有的学生一见到背诵的内容就怕，那么不妨可以试一试上述的办法。

链接：

美读吟诵：回归语文教育"诵读"之本

"五四"后，尚西术、破传统，不再诵读，只推崇千技百巧；教师以滔滔讲析，代替孩子自诵，痴迷西术与数理剖解，乃"五四"后中国语文教育大患，语文教师通病！

韩军说："文字本是肉做的"，有体温、有生命、有动感。传达文字生命动感，须诵读。韩军对诵读颇有自己独到的体悟，他的名言是，诵到极致就是"说"。诵，乃"心"在支撑。随"心"所欲，道法自然。心到音到，心不到，抑扬顿挫失自然！诵之至境，是平和、自然、质朴、生活化地说话，用"心"来说话。

韩军读杜甫《登高》，他化身杜甫，有了"不尽长江滚滚来"的悲愤苍凉；韩军读李商隐《隋宫》，他直入隋炀帝魂魄，嬉笑怒骂出神韵；韩军读《大堰河》，他与艾青心脉相通，上千听课人潸然泪下……

韩军强调，"诵"当然包括背诵。巴金背诵《古文观止》200篇，茅盾背诵《红楼梦》，才有了《家》、《春》、《秋》和《子夜》等鸿著。若熟诵"1、2、3"，即 100 篇古文、20 篇白话文、300 篇古诗词，达到高中毕业语文水平绝对不成问题。

有人担心，如此大的背诵量，哪有时间保证？哪有情趣？他说，大有时间与情趣！中学每学期 95 节语文课，6 年共 1 000 多节，教师占 1 000 多个 45 分钟滔滔讲析，怎就不能让孩子背诵？孩子处于记忆的黄金期，45 分钟背诵一篇《师说》长短的古文不成问题。韩军说，算算，熟诵上面"1、2、3"，共花多少时间！不只诵，更须抄，一字一字抄经典。

《教育文摘》2005 年 8 月 3 日

大脑容量有限

大脑的记忆容量是有一定限度的。

有的东西原来记得很深刻，但是时间长了，往往只记得一个大概；有时候有关的信息在哪里出现过或似曾见过，但又无法回忆。

我们的大脑好比就是一个浩大的仓库，几年前存放的东西、记得的东西肯定是存在仓库里的，但现在不知堆在哪里了，要用的时候找遍了仓库仍然找不到。

解决这一困难的最好办法是做读书卡片。做好了读书卡片等于增大了脑的容量。

中国古代就有贾岛"掉书袋"的说法。他积累了大量的素材，成为一大诗人。学生做读书卡片（含电子卡片）是继承前人学习好习惯的一种做法。

读书卡片的做法是将你阅读接触到的知识，通过文字记录的方式写在卡片上，或是用你的个人电脑储存在你的个人信息中，到需要使用的时候只要将它翻出来就行。这样做能为今后的检索打下好的基础。

做好读书卡片一般要做三个步骤：

1. 归类：你平时所接触到的信息和资料有许多，你就必须分条逐理地分成类别，这样，信息量再也不会影响你今后的检阅。因此可以根据你的需要把卡片分成科技类、艺术类、文学类等等。

2. 记录出处：卡片的记录毕竟是手抄的为多数，也有摘要的，在个体的容量上不大，在背景研究上常显得不够，于是有必要记录它的出处，以备今后的查阅。有关内容是摘自什么地方的，要把出处记录清楚，这样可以查到更详细的材料。如"摘自《文汇报》1999年2月8日第2版《国际形势》栏"等等。

3. 摘抄内容：内容的摘抄可以视你的需要而定，一般而言，不必全抄，否则就会花太多时间，而是可以提纲挈领地作一些摘要。同时可以写上自己的点评，可以对摘抄的有关内容写下自己的感想，今后查看的时候，可以看到当时自己的思想和观念。将有关内容的关键语句用提纲挈领式的语言摘抄在卡片上，一张不够可以做第二张。

除了做卡片（含电子卡片），我们还可以学习做好剪报，剪报也是卡片的一种形式，它具有读书卡片同样的功能。

做读书卡片是一件很有意义也很有乐趣的事，一年下来如果已经做了几十张甚至上百张卡片，空闲时间拿出来翻翻，将会有一种翻看自己个人影集的乐趣，不信你试试！

重新认识智力

  我们从小就得到了家长或长辈的许多评价,其中总是有这样几种说法:某某很聪明,就是读书成绩差。那么聪明的人怎么会和"成绩差"挂在一起? 这不是很矛盾吗? 又有一种评价说某人书读得不错,成绩也很好,但是体育、艺术,或是其他功课都很差。为什么考试成绩好,而其他功课不好呢? 这也很矛盾。还有一些人学习语文是个优等生,但数学差得无法想象……诸如此类的问题,在我们的学生中屡见不鲜。

  学校要推荐区一级的三好学生时,一位品学兼优的学生,因体育略差一等而被淘汰,她自己心里不舒服,老师们对这种三好学生的评价方法也提出了异议。

  其实人的智力是多样的,心理学家如是说:

  什么叫聪明? 人们往往习惯于用智商来衡量一个人的聪明程度。随着心理学的发展,这种单一的智力观点已经过时。20 世纪90 年代,心理学家提出了多元智力观,它认为人的智力包括八个方面:

  1. 语言智力。这是指人们读、写和灵活运用词语进行交流的能力。这种能力在作家、诗人、记者、演说家、政治家、相声演员的身上得到高度发展。

2. 逻辑数理智力。指人们的推理和计算能力。这在科学家、数学家、统计学家和法官、律师身上得到充分体现。

3. 视觉智力。在雕塑家、画家、建筑家、航海家、驾驶员和发明家身上有显著的表现。

4. 音乐智力。在作曲家、演奏家、指挥家、音乐家和音乐爱好者身上有发展。

5. 身体运动智力。在演员、舞蹈家、运动员、外科医生和手工艺师身上高度发展。

6. 人际交往智力。指与他人相处的能力,是教师、政治家、销售人员、谈判家应有的能力。

7. 内省智力。指洞察、了解自己和自我调节能力,是社会工作者、心理医生应用的能力。

8. 自然智力。是对自然界的认识和适应野外生活的能力,是水手、旅行家和猎手等应有的能力。

这种多元智能的理论解决了我们长期以来对人"一刀切"评价的问题,教育以这种理论作为指导思想是可以的,能够解决诸如个性发展之类的问题。但是在操作层面上,面对中国穷国办大教育的现状,这种理论又无法真正物化为一种实践,因为我们的考试不讲多元智能,我们的招生方法也很少涉及多元智能的评价。

怪不得 20 世纪 90 年代的西方理论,到 21 世纪初才在中国热起来,而且才热了一阵子,就又冷下去了呢。

不过,多元智能给我们学生一个广阔的前景,那就是,面对自己的特长千万要珍惜,某些学科考试成绩差了,也不要自卑。中国历来就有"天生我材必有用"的古训,每个人都可以成为一块材。

链接：

多 元 智 能

多元智能理论认为：智能是在某种社会或文化环境的价值标准下，个体用以解决自己遇到的真正难题或生产及创造出有效产品所需要的能力。

具体包含如下含义：

1. 每一个体的智能各具特点。

根据加德纳的多元智能理论，作为个体，我们每个人都同时拥有相对独立的八种智能，但每个人身上的八种相对独立的智能在现实生活中并不是绝对孤立、毫不相干的，而是以不同方式、不同程度有机地组合在一起。

2. 个体智能的发展方向和程度受环境和教育的影响和制约。

在多元智能理论看来，个体智能的发展受到环境，包括社会环境、自然环境和教育条件的极大影响与制约，其发展方向和程度因环境和教育条件的不同而表现出差异。尽管各种环境和教育条件下的人们身上都存在着八种智能，但不同环境和教育条件下人们智能的发展方向和程度有着明显的区别。

3. 智能强调的是个体解决实际问题的能力和生产及创造出社会需要的有效产品的能力。

在加德纳的多元智能理论看来，智能应该强调两个方面的能力，一个方面的能力是解决实际问题的能力，另一个方面的能力是生产及创造出社会需要的有效产品的能力。根据加德纳的分析，传统的智能理论产生于重视"言语—语言智能和逻辑—数理智能"的现代工业社会，智能被解释为一种以语言能力和数理逻辑能力为核心的整合的能力。

4. 多元智能理论重视的是多维地看待智能问题的视角。

在加德纳看来,承认智能是由同样重要的多种能力,而不是由一两种核心能力构成;承认各种智能是多维度地、相对独立地表现出来,而不是以整合的方式表现出来,应该是多元智能理论的本质之所在。

顽强的意志是学习成功的保证

意志是指一个人因要达到某种目的而产生的心理活动。

意志是一种心理品质,心理品质好的人一定会意志坚强,碰到困难坚韧不拔。

一个意志坚强的人,面对困难决不畏缩,设法克服困难;而意志脆弱的人将一事无成。

有一位青年,他酷爱游泳。一天,他想一次横渡一条江。不料,那一天江面上起了大雾。他朝着目标游了很长时间也未游到岸边。于是,他灰心地游了回来。第二天,天气晴朗,他第二次下江又游了过去。当他发现昨天游到的地方离目标岸边仅仅只有二十多米时,他十分感慨地说:"昨天只要再坚持5分钟就会成功了,可惜,我的意志太薄弱了。"

生活中,往往有许多事情只要再坚持一下就有成功的希望。这种坚持就是意志。

意志的有如下一些特征:

① 意志是自觉的:人的活动目的是自己确定的,而不是被动的。中学生是为了自己的成长发展而来学习的,不是被父母"逼"着读书的,只有有了自觉的目的才有可能产生意志。

② 意志是独立的:意大利诗人但丁,由于反对当时权贵势力

的教皇统治被教皇罗织罪名,判处终身放逐。在他逝世前 5 年,当局宣布,只要认罪,便可以允许回国。但丁断然拒绝,他说:"一心循着你自己的道路走,让人家随便去说吧。"但丁的意志表现了他对自己目标的认真和专一。

③ 意志应该是果断的:碰到困难时,想到的首先不是如何避免,而是如何去克服它,在复杂的环境和困难中立即决定去做。

④ 意志是坚韧持久的:有的人意志持久力特别差,常会出现三天打鱼、两天晒网的现象,也有的人常只有三分钟的热度。因此可以说,坚韧和持久是意志的关键,有了坚韧和持久,才能称得上意志坚强,除此就不是意志了。

⑤ 意志是能自制的:人的学习环境有时是很受干扰的,有内部的,也有外部的,排除这种干扰、自己约束自己,这是意志的最重要特点。

那么如何培养自己的意志呢?

1. 青少年要树立理想(树一个目标)。每做一件事、完成一项工作,均要有一个目标,没有目标就会无所事事,就会没有动力,更不会产生意志。目标有远的,也有近期的,当你要做一件事的时候,先要静下心来想一想,我要在什么时间里,达到一个什么目标。哪怕是做一次作业,也要确定好这次作业的目标。

2. 积极参加各项社会实践活动,磨练自己的意志。

(1) 凡事要去做,做了就会知道难在哪里,使自己不断进步。只想不做的人是不会有进步、有成就的。

(2) 做事不能单凭兴趣,生活中重要的事并非件件都是情趣盎然的,但必须要做,这就要靠意志。

(3) 要自戒、自警、自励。戒去一切你感兴趣、但无意义的事;警示自己不做不应该做的事;鼓励自己去做对青少年身心健康有益的事。

　　一个人，有了意志，持之以恒，就是毅力；有了毅力，就是成功的一半。生活是这样，工作是这样，学习更是这样。

"坐"功和"静"功

　　自修课是学生根据自己对学习的需要，充分调节自己的时间来提高学业水平的课。

　　自修课的特点有三点：

　　① 自己修习。

　　② 老师不作统一讲授。

　　③ 对自己的要求比较高。

　　在一般情况下，初中学生、高中学生、大学生的自修课是由低级走向高级的，也就是说是从效益差走向效益好的。这是人的一个学习习惯养成的过程。因而一个学生能否上好自修课，是衡量学生自我管理、自我约束的最好标准。

　　我们可以这样说，读书习惯是否真正养好，从这个学生上自修课的质量就可以知道。

　　如果是寄宿学校，便要求大家上好包括晚自修在内的自修课，我们可以提出培养学生的"坐功"和"静功"的要求。

　　"坐功"就是一节自修课内对自己一节课的作业有一个安排，不随意走动。"坐功"的培养很不容易，有的学生就是坐不住，究其原因还是学习没有计划，注意不够集中。"坐功"还表现为一种做事的毅力，即对自身欲望的一种克制。

"静功"就是安静地完成自己安排的作业,不出声、不与他人交谈,还要将自己的心"静"下来,投入学业之中去。"静功"的表现就是旁若无人,"坐功"和"静功"是一对兄弟,一个学生有了"坐"功,他往往就会静下来。静下心来,也是靠注意的集中和毅力来支撑的,这是学生的一项基本功。

　　下面是一个学校对晚自修的"七不"规定:

　　不随意走动,不大声喧哗,不交头接耳,不拖拉作业,不无所事事,不影响他人,不做与学习无关的事。

　　这个"七不"规定,虽然它的要求不是很高,但对一个中学生来说全部做到很不容易。要真正地提高自修质量,那必须要在遵守"七不"的前提下,"坐"下来、"静"下来,提高晚自修的效率。

链接:

"自修课板块"

　　"自修课板块"作为寄宿制高中学校课程的一个板块应当是与必修课板块、选修课板块和活动课板块举足并重的一个板块。

　　开设并搞好自修课板块,还能促使学校充分发挥一流设施的最大效益。学校因此要全面开放一切教学设施,供学生使用。图书馆、阅览室、视听室、实验室、电脑室、语音室都可以全天候全方位开放,还可设置文科自修室、理科自修室,配备分类的专题资料、图书或专用仪器、设备等。学校的一切设施都将发挥其最大的教育功能,形成最好的学习氛围。

　　我们可以认为:作为一个寄宿制高中的学生,不会自修或不重视自修,或上不好自修课的人,都将不会被认定是合格的学生,更不会被认定是好学生的;作为一个寄宿制高中的教师不会辅导,或不重视辅导,或辅导不好自修的,也都将不会被认定是合格的教师,更不会被认定是好教师。

自修课程作为一个课程板块,应该确保其地位,一般不允许被某个学科占领,被挪用蜕变为习题课、辅导课和补习课用。

自修课程作为一个课程板块,应该有相对稳定的时间位置,让学生可以有计划地安排内容,如安排在上午的第一节,或安排在下午的末一节;条件许可的话还该有相对固定的地点,从而提高效果,如自修室、阅览室等。

自修课板块的内容应该是多元化的、多样化的。

多元化是指可能由任课教师确定并公布本学期本学科中的某章为"自学"内容,同时提出自学目标、自学要求,定好考核办法、考核时间;规定教师仅在考核前答疑一次或若干次。可以公布一批论文课题,供学生选定,限定期限,以宣读论文,通过答辩认定。可以公布原版英文资料,供学生选定,在限期内翻译完成,经有关老师或考核人员认定。

多样化主要体现在形式的组织上:可以安排学生个体单独进行,个人自学不讨论;可以安排成小组形式,在自学的基础上切磋;可以安排专人辅导讲座,对于难点进行集中的疏通;也可以用大组读书会的方式进行研讨;也可以用辩论的方式进行学习……

《上海教育科研》1999 年第 3 期

要学会"偷懒"

　　与杨老师谈心,谈到对优等生的培养,杨老师认为现在的教育模式常常抹杀了优等生,让优等生陪着一批差生读书,这也是一种"陪读"现象。但是事实的情况又不能让我们分好班差班,因材施教的操作机制不是太强。她说,她在对优等生的培养上,常常注意指导优等学生学会"偷懒"。

　　我知道,这里的所谓"偷懒"并不是不肯动脑、不做作业、死气沉沉,实际上包含了下列几个因素:

　　一、这是一种选择。就是对教师所布置的课内外作业,根据自己的理解,把它分成必须做、应付着做和不做三类。"必须做"者,必定具备作业重要、自己需要、有助于巩固和掌握知识、提高能力这些特点,这些作业就要做得漂漂亮亮;"应付着做"的,是在课余时间内可以做的,也算完成老师交给的任务,也会有一定的个人收获;"不做"者,是自己判断的,那些以做作业作为操练、以此来加强记忆的无太大意义的操练。

　　这三种分类,是学生对自己的考验,能分清这三类的学生本身就需要能力和水平。即便有时会被老师批评一顿,但最终以认真听取、虚心接受、坚决不改作为手段,其实这是一个最好的办法,这样既可以提高作业质量,又可以节约时间,把省下来的时间去做自己想做的事。打球去、听音乐去、玩电脑去或者看几本大部头的书去，也可以钻研你的科技制作去，还能去向老师询问，搞几个自己喜欢钻研的难题去。这种"懒"偷得好，每个好学生，都可以学一点。

二、这是上课的一种反思。要反思，那就需要认真听课，将老师的课作为反思的基础，否则这种"懒"是偷不成的，反而会变成自欺欺人，"偷鸡不成蚀把米"。从这个意义上来说，学习上的"偷懒"是一种对学科认真钻研的结果。

在学习上学会"偷懒"的人不多，可是一旦有了这种基础和能力，我们就应该这样去做，做好了是对自己的负责。

我接触过几位很聪明的学生，当时我也是这样指导他们的，到了初三即将毕业，大课上完之后，我还允许他们不进课堂上课，在图书馆里做自己喜欢做的事情，结果中考考得十分优秀，进了高中仍然排名在先。

一个人的思维方式、智力水平都有他自己的特点，每个人都要学会分析自己，掌握这种特点，然后选择适合自己的学习方法。如果说这种"偷懒"（也可以称为选择）的学习方法能让人受到启发的话，那么，你也不妨去选择一种适合你的学习方法。

为"死记硬背"正名

"死记硬背"这个词，历来就是用作贬义的。"死"者可译为"死板"，"死板"者就是不灵活，而"灵活"乃是人的灵性所在。所以"死记"肯定就是那种不开化的、不灵活的，甚至是脑子僵化的代名词。

"硬"者可理解为"生硬"、"没有悟性"，"没有悟性"就是"笨"的，"笨"的，那自然是愚者的代名词了。

不知从什么时候开始，"死记硬背"几乎已经被所有的学者和教师嗤之以鼻，学生那边更是厌恶它。尤其是在现时的教育背景下，学生们厌学情况严重，学习毅力不强，因此，学生们更不喜欢"死记硬背"，也由此把一些通过"死记硬背"而取得的成绩看得一钱不值，连教师们也常希望学生灵活一点，常有教师教导学生说："不要死记硬背，要注意方法。"这句话的含义就是说，"死记硬背"不是一种读书学习的好方法。

其实"死记硬背"是个好东西。我国古代私塾就是让你"死记"和"硬背"，例如朱熹所说"吾谓熟，即其言皆若出自吾之口"、"吾谓精，即其意皆若出自吾之心"，又有"不可漏一字"的教诲。

古人"出自吾之口"就是"熟"，这里的"熟"靠的就是"死记"。我们可以这样认为，对死记下来的东西，一下子消化不了可以待以后慢慢去理会。随着死记内容的增加、个人阅历的增长，我们会在今后的日子里将原来死记住的东西理解得透透彻彻。

年轻时我曾学过毛泽东的《为人民服务》，那年代背诵它，实属"死记"一类，对其中"我们都是来自五湖四海，为了一个共同的革命目标，走到一起来了。我们的干部要关心每一个战士，一切革命队伍的人都要互相关心、互相爱护、互相帮助。"一句理解不透。最近在"保持先进性"教育中，又重新想起这句话，我就忽然悟出它的道理，那就是为人民服务绝不是以前所简单认为的"做人"问题，而是一个"政治"问题，执政党为人民服务是一项执政的根基。如果没有那时的死记，待你一句一句去再读，恐怕这种体会一下子是找不到的。

学生读书也是这样，如果初中时没有死记住"勾三股四弦五"，又如何深刻理解 cos 和 sin 呢？从一个人走上社会后的工作来说，如果医生记不住药方，那是否非要看一个病人查一次药典？英语教师记不住单词，是否一定要在备课笔记上作大量记录？工程师记不住常用公式，是否要安排许多助手为此查阅资料？

常记得《刘三姐》故事中的笑话：财主向刘三姐求婚就要和刘三姐对歌，于是两个担着书的书童（或是秀才）忙着为他们的主子翻书。翻书花的时间长了，常常丑态百出，给观众带来许多笑料。

从心理学的角度来说，记忆分为"有意记忆"和"无意记忆"。"无意记忆"是否可认定为"死记硬背"，我研究得不透，但是它至少是记忆的一种办法。

世界上的事物都是相对的，当我们讲究有意记忆效果好、效益高的时候，千万别忘了是"无意记忆"为"有意记忆"打下的良好基础。

因此我说，在学生的学习过程中，加强无意记忆的训练是十分必要的，"死记硬背"也不失为我们学习的一种重要方式。小学生这样，中学生这样，读了大学还是这样。

链接一：

论"死记硬背"

有人曾做过一则有趣的统计：古代科举考试考生要想"金榜题名"，必须将《论语》、《孟子》、《书经》、《礼义》、《左传》等40多万字的书，全部精读背熟；此外，还要看原文几倍数量的注释及其他非读不可的经典、史书、文学书籍等。我们的前人真是聪明，他们把学生到学校受教育叫"读书"，正是抓住了最关键的东西，他们并不对学生奢谈理论，而是充分地让学生模仿、积累、训练、自悟，老老实实地读、抄、默、背，一篇又一篇，一本又一本，几年之后，腹中渐富，直至最终学富五车，成名成家。

古代的诸多先贤圣人，何尝不是从"背"中始步而逐步辉煌的？封建科举制度的考试，纵有诸多不是，但重视"背功"教学的历史功绩却是永远不可抹杀的。

刘汉青

链接二：

机 械 记 忆 法

"机械记忆法"是依靠简单重复记住事物的方法。如历史人物、地名、电话号码等材料本身没有什么内在联系，或材料的内容有联系但暂时不易理解，且又必须记住，这时，就只能根据材料的外部联系或表现形式采取机械重复的方法去记忆。

机械记忆法的基本条件是机械重复。通俗地说，机械重复记忆法就是死记硬背，虽说这种方法并不为人推崇，但在学习中随时需要有机械记忆的参加。因为，一方面许多无意义而又必须记住的材料需要机械记忆，同时，有意义的材料也要运用机械记忆才能达到精确的熟记。

可以说，机械重复记忆法也是基本的学习方法之一。

语文不是教出来的

　　欧阳修在《卖油翁》中塑造了一个"我亦无他，惟手熟尔"的人物形象。那么名门出身的"陈康肃公尧咨射箭技术"为何输给出身卑微的卖油翁的倒油技术？仅仅是因为他"惟手熟尔"？跨越时空我们稍作合理的想象，陈尧咨拜师学艺，受师父条条框框的影响，始终超越不了师父的水平，只能"十中八九"。而卖油翁则不同，他毫无师承、无拘无束，技术反而达到了最高的境界。如果他要教诲徒弟的话，我想他徒弟的水平和陈尧咨一般无疑。

　　由此使我联想到目前的语文教学。我以为语文水平不是靠教出来的，而是靠学生习得的。

　　何为"习得"，就是通过不断地阅读文学作品和生活，把自己获得的感悟和体验积累起来。

　　翻开语文试卷，我们总是会发现，考分接近的学生，其实他们的语文功底是大不相同的。最大的差异有两个方面：一是作文语言能力的高低，二是现代文阅读答题时语言表述能力的优劣。恰恰这两点是最难教会的，不是理解了老师的技术性解释就能做到的。诚然，临近毕业，大量地、技术性地操练习题能起到一定的效益，但收效甚微，其根本原因是：操练是一种技术活动，而语文学科和数理化不同，它带有明显的艺术特性。要真正融会贯通带有艺术特性的学科，不仅仅是依靠大运动量的技术训练能解决的，更主要的是依靠自己的感悟和体验。

技术训练能达到一定的境界，就像陈尧咨那样能"十中八九"，却达不到近乎完美的艺术境界。

从新概念作文竞赛出道的韩寒，他的写作能力完全超越了他的中学老师，他的写作境界不是技术教学的产物，而是自身习得的结果。韩寒俨然是一个十足的"卖油翁"。

古人云："腹有诗书气自华。"语文学习定当阅读，阅读的过程就是习得的过程。有一篇《读书·养气·写作》的文章，作者认为读书可以养气，养气有利于写作。读不同的书养不同的气，豪气、灵气、平和之气、浩然之气皆可养。长此以往，一种内在的精神力量就会充盈你的周身，从而形成你的学养和气质。这种不同的学养和气质就会渗透到你的文章中。你说你能教出这种学养和气质吗？

有的家长还是抱怨：我的孩子书看得够多了，为什么语文成绩提不高？古人曰："不愤不启，不悱不发。"意思是说教师要在学生动了脑筋而问题不得解决之时再进行启发，启发他们如何学会读书，善养浩然正气。为此，教师应当在学生如何习得上下功夫，而不是机械地操练。语文学习的本质还是学生的"习得"，厚积薄发是读书多的必然结果。

我们确实要查一查，我们的语文老师还有没有只讲技术训练，给学生们布置大量的作业操练的！

对于那些精心于构思语文训练题的老师，应该从自己是如何成长为语文教师的角度来思考怎样教语文、语文教什么。

对于那些只听从于老师、认真做作业的"好"学生，要深刻反思，甚而可以视训练题为"草芥"，不屑一顾。

同学们，要留出大量的时间去看闲书、看电视、看电影、上网络。如果跟着只会反复操练作业的老师走,你会后悔一辈子的。

链接:

语文教育的"外患"与"内忧"

语文教育面临着外患和内忧。

一、外患:过分注重实用和功利的社会价值取向对语文教研的恶劣影响。

现在全国许多地方的小学主要学科已由传统的语数增至语数外(不少城市幼儿园也已开设了外语),而且语数外三科的地位也是不平等的:小学数学在常规教学外还有"奥数";外语教学之外还有"双语"教学来补充强化。语文教育在基础教育的初始阶段就受到了致命的挤压。现在好像什么都要从孩子抓起,唯独母语挤压除外。

语文学习需要积累,没有数量就没有质量。要学好语文不仅要培养学生学习语文的兴趣,更要使学生有足够的时间进行自主阅读。而随着应试教育的发展,中学生已完全淹没在"题海"之中,高考学科的老师已瓜分并占尽了他们所有的时间。语文学习是个渐进的过程,其提高应试成绩的效果远没有做数理化题目和背英语单词那样显著,许多学生认为语文学与不学、学多学少关系不大。

就阅读教学而言,先不要奢谈课外读物,学生能把课本学好就不错了。特别是到了高三,第五册语文书往往只选读几篇课文,第六册则干脆只教与高考默写有关的《屈原列传》。

二、内忧:受现实利益的羁绊,语文教育界内部存在着不少难以拆除的藩篱,阻碍着语文教育的重建。阻力主要来自两种人:一是死守传统的人;二是死守既得利益的人。

第一种人中有不少便是现今语文教育界的理论权威。或许是他们已提不出什么新的思想，而又不愿被新的东西所取代，便拼命地守着传统。

第二种人主要是某些跟语文高考有关的人。这些人在语文界最吃香也最有钱。这些人使语文高考独立出语文教育，并异化为一门专门的技术。语文教育的命运实际上就控制在这些高考语文命题、阅卷以及消息灵通人士手里：高三语文得完全按照这些人设定的模式、编撰的资料、发布的消息亦步亦趋地练；书市上的教辅资料、试卷只要挂上他们的名号就能热销；特别是每年高考"一摸"、"二摸"期间，他们更是成了语文教育界的大牌明星，拿着高额出场费，在全国各地飞来飞去地"赶场"。

《中国教师报》2005 年 12 月 28 日　梁国祥

语文不是教出来的

由三条新闻想起

2月9日,国务院发布了《国家中长期科学和技术发展规划纲要》。这份国家科学技术发展的纲领性文件,规划了我国科学技术发展的总体目标:通过15年的奋斗,我们要在基础科学和前沿技术研究方面,取得一批在世界具有巨大影响的科学技术成果,进入创新型国家行列,为成为世界科技强国奠定基础。

2月13日,中国科学院和中国工程院院士、北京大学教授王选去世。成千上万的中国人都为王选默哀,表达对他的敬重和景仰。王选教授被人们誉称为"当代毕昇",他发明的汉字激光照排系统,是当今中国最先进、最权威、最广泛运用的印刷技术,所有的中国人,都在享用他的伟大发明带来的便利和好处。

2月23日《中国青年报》报道,中国青年科学家李巨,获2006年度美国青年科学家大奖。李巨是中国科技大学的毕业生,现任美国俄亥俄州立大学的助理教授。这位年轻的科学家,之所以被授予美国青年科学家年度大奖,是因为他在自己研究的材料领域,做出了原创性的成果。

三条新闻得出一个结论:中国特别需要创新型的科学技术,因为这是我们国家能不能成为世界性科技强国的关键;只有创新型的科学技术,才可能给我们的国家和社会创造更大的价值和财富;

基础教育要主动承担起培养创新型人才的任务。

在我们辽阔的国土上，奔涌着数十个品牌的滚滚车流，但只有几个品牌的关键技术是我们自己的。曾经专门为毛主席等老一代领导人设计制造、让许许多多中国人引以骄傲和自豪的红旗牌轿车，因为没有自己的核心技术，现在已经到了举步维艰、面临淘汰出局的地步。在发展中国家中，我们的电脑普及率并不算低，我们有一亿多网民，但是，我们同样并不拥有电脑的核心技术，制造一台电脑如果能赚 100 美元，我们只能得到 10 个美元。上海产的 VCD、DVD 播放机，每出口一台，国家只能赚一个美元。其他的钱到哪儿去了呢？到大众、到奔驰、到本田、到通用那儿去了，到比尔·盖茨那儿去了，到国外的专利发明人和知识产权的拥有者那儿去了。

据权威部门统计，我国具有这种原创能力的生产企业，只有万分之三。我们可以通俗地说，就是发明技术的外国人一劳永逸赚大钱，生产产品的中国人勤劳勇敢挣小钱。这种现象告诉我们，在知识经济主导世界发展的今天，善思考、会创新的民族将占领世界市场，获取超额利润；不善思考、只会模仿的民族难免会沦为廉价劳动力。

这就是我们的现实，这就是我们的差距。不要说这和我们的教育无关。如果，今天基础教育依然不能担当起培养创新人才的意识，不能具备创新的思维并最终形成创新的能力，那么，国家科技强国的愿望，就会成为水中月，镜中花，成为中看不中用的海市蜃楼。

其实，创新并不只是科学家的专利。每一个人，只要你愿意，都可以和创新交朋友，因为创新的意识和能力，原本就来自于日常的生活和学习。如果王选教授不是从小就有一种积极进取的探究精神，没有他在上海南洋模范学校从小学直到高中所养成的那种好琢磨问题、有许多兴趣爱好的性格与学习习惯，他能成为当代的毕昇吗？

但是,在目前的教育中,功利思想十分严重。众所周知,今天的教育面临着巨大的升学压力。在这种压力之下,很多同学成了分数的奴隶而不是科学的追求者。那个原本浑身散发着美丽光彩的科学女神,在许多人的眼中已经黯然失色。于是出现了许多并不奇怪的怪现象。国家投资三个多亿的南京青少年活动中心,里面有大量可以动手操作的科技模拟实验项目,原来是按照每天接纳3 000人的规模设计的,但开放以来门庭冷落,有时只有寥寥二三十个参观者。为什么?因为那些东西和考试的分数无关。这种功利思想,正在扼杀学生们对人类社会和对自然科学奥妙的兴趣和热情。

创新型思维的特点要求我们,学习要互动,思想要交流,碰撞是拓展思路的最好办法。一位大学老师曾谆谆告诫他的学生说,同学们,学会交流和讨论吧,你有一个苹果,他有一个苹果,你们交换之后还是只有一个苹果;但你有一个想法,他有一个想法,我有一个想法,如果交换一下,我们就都有了三个想法。这位大学老师的话,就是对学习中老师和学生互动,学生和学生互动,课内和课外互动作用的最好解释。

创新,是社会和时代对我们教育的客观要求,也是渴望祖国强盛的历代中国人对我们新一代中国人的殷切期盼。我们应该开动脑筋、求真求实、求新求精,培养更多的有创新意识、有创新思维、有创新能力的中国人。

链 接：

中国未来 15 年目标：2020 年建成创新型国家

中国在古代曾经有过火药、造纸、印刷、指南针这四大发明的辉煌,目前却面临总体创新能力较弱的尴尬。根据瑞士洛桑国际管理学院发布的《国际竞争力年度报告》,2004 年,在科技创新能力方面,中国在占世界国内生产总值 92％的 49 个主要国家中仅排名第 24 位。

　　中国科学院院士、著名地力学家和资源学家孙鸿烈说,尽管中国在过去 20 多年里创造了年均 9％的高速经济增长,但这种增长主要是由劳动密集型产业带动的,不仅获利菲薄,而且资源消耗巨大、环境成本高,难以为继。

　　据统计,目前全世界 86％的研发投入、90％以上的发明专利都掌握在发达国家手里,中国科技进步对经济增长的贡献率仅为 39％。中国商务部长薄熙来曾感慨,中国需要卖掉 8 亿件衬衫才能换来一架波音飞机。

央视国际(2006 年 1 月 9 日)

后　记

　　在本书成稿的过程中，得到了刘彬先生、李嘉林先生、陈燮峰先生、赵志伟先生、周小布女士、仲丽娟女士、胡国欢先生的帮助；吴国权先生、奚小珉女士对本书的部分观点作了深入的探讨，提出了修改意见；戴士冕先生、郑羽中先生为本书作了资料整理；孟英女士为本书绘画插图。

　　著名国学大师南怀瑾先生特为本书题字。

　　在此，一一表示感谢。

　　书中的链接部分，大多从个人积累的资料中选出，也有不少从网上查得，有些资料本来就为佚名文章，有的查不到出处，如有不妥，敬请有关人士谅解，并尽快与我联系。

　　本人才学疏浅，书中的一些观点，不免会有疏漏之处，有些还会出现偏颇，如有不尽合理之处，敬请读者批评指正。

作　者

2006.6

图书在版编目（CIP）数据

一位中学校长的教育独白/李首民著.—上海：学林出版社，
2006.8

ISBN 7-80730-193-7

Ⅰ．一… Ⅱ．李… Ⅲ．中学教育－研究 Ⅳ．G630

中国版本图书馆 CIP 数据核字（2006）第 065970 号

一位中学校长的教育旁白

作　　者──李首民
责任编辑──褚大为
封面设计──黄　旭

出　　版──上海世纪出版股份有限公司
　　　　　　学林出版社(上海钦州南路 81 号 3 楼)
　　　　　　电话：64515005　传真：64515005
发　　行──新华书店上海发行所
　　　　　　学林图书发行部(上海钦州南路 81 号 1 楼)
　　　　　　电话：64515012　传真：64844088
照　　排──南京前锦排版服务有限公司
印　　刷──上海译文印刷厂
开　　本──890×1240　1/32
印　　张──9.75
字　　数──23 万
版　　次──2006 年 8 月第 1 版
　　　　　　2006 年 8 月第 1 次印刷
书　　号──ISBN 7-80730-193-7/G·48
定　　价──22.00 元

（如发生印刷、装订质量问题，读者可向工厂调换）